Une lumière dans la nuit

Une lumière dans la nuit

Barbara Steiner

Traduit de l'anglais par
MARIE-ANDRÉE WARNANT-CÔTÉ

Les éditions
Héritage inc.

Données de catalogage avant publication (Canada)

Steiner, Barbara A

Une lumière dans la nuit

(Frissons ; 71)
Traduction de : Spring Break.
Pour les jeunes de 12 à 14 ans.

ISBN 2-7625-8486-8

I. Warnant-Côté, Marie-Andrée. II. Titre. III. Collection.

PZ23.S746Lu 1997   j813'.54   C97-940047-3

Spring Break
Copyright © 1996 Barbara Steiner
Publié par Scholastic Inc.

Version française
© Les éditions Héritage inc. 1997
Tous droits réservés

Mise en page : Michael MacEachern

Dépôts légaux : 1er trimestre 1997
Bibliothèque nationale du Québec
Bibliothèque nationale du Canada

ISBN : 2-7625-8486-8   Imprimé au Canada

LES ÉDITIONS HÉRITAGE INC.
300, rue Arran, Saint-Lambert (Québec) J4R 1K5
Téléphone : (514) 875-0327
Télécopieur : (514) 672-5448
Courrier électronique : heritage@mlink.net

FRISSONS™ est une marque de commerce des éditions Héritage inc.

Chapitre 1

— On est libres !

Agnès Henri bondit dans la vieille jeep de son amie Chantal Collin et s'assoit sur la banquette arrière, à côté de Pauline Lanthier.

Alors que la voiture roule au milieu de la circulation anormalement intense pour un samedi matin, Pauline chuchote à l'oreille d'Agnès :

— Au prochain feu rouge, change de place avec moi.

— Change donc de place avec moi, Pauline, dit Agnès tout haut. Je veux avoir le meilleur point de vue pour être certaine qu'on quitte vraiment la ville.

Au feu rouge, elles échangent rapidement leurs places. Pauline remercie son amie en lui serrant le bras.

— Savez-vous ce que vous allez faire du reste de l'été ? leur demande Chantal. Si on essayait de se faire embaucher dans un parc national ?

— Tu ne peux pas faire ça, Chantal, dit son petit ami.

Carl Grignon n'est pas un lève-tôt. À vrai dire, Carl ne semble se réveiller qu'au beau milieu d'une partie de football ou lors de son entraînement de basket-ball. Agnès n'a jamais connu de garçon aussi athlétique.

Tout le contraire de Justin, le frère d'Agnès. Assis à droite de Pauline, Justin est plongé dans un guide d'identification d'oiseaux.

Carl continue de protester:

— J'ai déjà un emploi à Hourville. Tu ne peux pas passer l'été ailleurs.

— Tu pourrais te trouver un emploi là-bas, dit Chantal.

— Pas un emploi de vétérinaire. Tu sais que je dois travailler dans une clinique durant quelques étés si je veux être accepté à l'école de médecine vétérinaire. Ils veulent s'assurer que notre vocation est sérieuse.

Cola, le labrador brun de Carl, s'assoit sur le plancher devant lui et aboie.

Agnès jette un coup d'œil à Justin. Comment peut-il lire alors qu'ils sont tous si excités d'aller à la plage pendant leur première semaine de vacances? Il est inhumain.

Il les accompagne pour garder un œil sur elle. C'est à cette condition que leurs parents ont accepté qu'Agnès participe à l'expédition.

C'est Chantal qui a eu l'idée de passer une semaine en pleine nature, à Baie-des-Loups. Ses parents ne lui refusent jamais rien. Agnès croit qu'ils sont intimidés par leur fille.

Qui ne le serait pas ? Agnès, assise derrière la conductrice, a sous les yeux sa longue chevelure blonde. Chantal l'intimide, elle aussi. Bien qu'elles soient amies depuis toujours, chaque fois qu'Agnès la regarde, elle est impressionnée par sa beauté. Et elle la trouve si intelligente, si parfaite et, en plus, si habile mécanicienne.

C'est Chantal elle-même, avec un peu d'aide de son père, qui a remis sa jeep à neuf.

Agnès soupire. Certaines personnes ont tous les talents. Elle, elle a Justin.

— Est-ce que ton frère sait faire autre chose que lire ? lui demande Pauline.

— Pourquoi ne pas me le demander ? réplique Justin, le nez dans son livre. Je suis à côté de toi.

— Oh ! il parle, il bouge…

— Il écrit ! complète Agnès. Dans son journal, dans des cahiers, dans des calepins. Il a l'intention d'écrire le grand roman du siècle.

Tous continuent à parler et à blaguer. Chaque fois qu'ils rient, Cola aboie.

— Est-ce que je peux changer d'idée ? demande Justin. Si ça va être aussi bruyant pendant toute la semaine, je vais devenir fou.

— Pauvre petit, dit Agnès en cessant de rire.

Sa mère ne voulait pas la laisser partir avec trois autres jeunes du secondaire. Cette chère maman pense-t-elle que Justin est un adulte parce qu'il a dix-neuf ans et qu'il aura son DEC en juin ? Il passera tout son temps à lire ; il ne veillera pas plus sur Agnès que ne le fera Cola.

Elle s'était plainte à ses amies, mais celles-ci ne voyaient aucun inconvénient à la présence de Justin. Pauline semblait même ravie que le frère d'Agnès puisse les accompagner.

La route est de plus en plus congestionnée à mesure qu'ils approchent de leur destination, Baie-des-Loups.

— J'espère qu'on trouvera à se loger, dit Carl, exprimant tout haut leur inquiétude à tous.

Agnès se fiche de l'endroit où ils logeront, tant qu'elle est loin de l'école.

— Chantal, je t'adore ! déclare-t-elle. C'est la meilleure idée que tu aies jamais eue.

Ils continuent à parler et à rire alors que la jeep se fraie un chemin à travers la circulation dense. Mais après avoir essayé en vain de trouver des chambres à louer, ils commencent à s'inquiéter. Aux bureaux de location de maisons, les agents immobiliers leur apprennent qu'il ne reste rien de libre.

— Pourquoi est-ce qu'on n'a pas fait de réservations ? demande Carl.

— Je ne pensais pas que ce serait aussi achalandé, répond Chantal. Mais il fait tellement beau.

— Regardez ! Une épicerie. Allons y acheter de quoi manger, propose Justin. On pourrait camper puisqu'on a apporté l'équipement.

Il descend et se dirige vers le petit magasin, sans doute le dernier endroit où s'approvisionner avant d'atteindre les régions plus isolées.

— Je déteste le camping ! dit Chantal.

— Moi aussi, dit Pauline. Mais on n'a pas le choix.

Carl siffle pour rappeler Cola qui court après les goélands.

Lorsqu'Agnès et Pauline entrent dans le magasin, l'épicière est en train de dire à Justin :

— En ce moment, les gens ont probablement loué à gros prix leurs garages et même des garde-robes.

— Vous ne pouvez vraiment rien nous trouver ? supplie Agnès.

— Bien, je connais un endroit, dit-elle en se frottant le menton, comme si ça l'aidait à réfléchir. Edgar Mineau répare la vieille maison des Jasmin depuis un an environ. Elle est peut-être en assez bon état pour qu'on puisse l'habiter. Si vous n'êtes pas trop exigeants.

— On n'est pas exigeants du tout, dit Pauline.

— Je vais l'appeler. Espérons qu'il soit chez lui.

Elle compose le numéro et, en attendant que son voisin décroche, elle ajoute :

— Il y a un problème avec cette maison, cependant.

— Il fallait s'y attendre, dit Agnès. Qu'est-ce que c'est ?

— Certaines personnes par ici disent que la maison est hantée.

Chapitre 2

— Hantée ? C'est une blague, dit Agnès.

— Les fantômes n'existent pas, hein ? dit Chantal en se collant contre Carl.

— S'il y en a, je te protégerai, dit-il en la prenant dans ses bras.

— Une maison hantée ! Ça va m'inspirer, dit Justin, avec un grand sourire.

— On pourrait même trouver quelques corbeaux pour toi, dit Pauline.

— Il y a un sanctuaire d'oiseaux près de la vieille maison, dit l'épicière. L'endroit est isolé. Mais au moins vous serez à l'abri. Parce qu'on annonce des orages pour la fin de la semaine.

— Alors, il vaut mieux ne pas s'inquiéter pour les fantômes et avoir un toit au-dessus de nos têtes, dit Carl.

— Edgar ! dit l'épicière dans le microphone, lorsque son voisin décroche enfin. C'est Magella Adam. Des jeunes visiteurs voudraient louer la maison des Jasmin. As-tu réussi à la rendre habitable ?

Elle écoute en hochant la tête plusieurs fois, puis elle raccroche.

— Il dit qu'il est d'accord si vous n'êtes pas trop difficiles.

— Il y a l'électricité ? demande Chantal.

— Oui, tout fonctionne. Mais, si j'étais vous, j'emporterais des bouteilles d'eau. Les tuyaux sont vieux et n'ont pas été beaucoup utilisés dernièrement.

Justin dépose quatre grosses bouteilles d'eau de source sur le comptoir et les paie. Carl et Pauline prennent les provisions, tandis que Chantal note l'adresse du propriétaire de la maison à louer.

Edgar Mineau est un petit vieillard tout courbé et affligé d'un torticolis permanent. Il n'a plus qu'une frange de cheveux sur la nuque et ses oreilles trop grandes semblent avoir appartenu à quelqu'un d'autre. Son visage est long et mince. Ses yeux d'un bleu délavé sont encore pétillants.

— Vous êtes certains que vous voulez habiter là-bas ? leur demande-t-il de nouveau. Il n'y a pas de proches voisins.

— Alors personne ne se plaindra que la musique est trop forte, hein ? dit Carl en riant.

— J'y continuerai mes rénovations s'il fait beau, dit Edgar. La musique ne me dérange pas. Mais n'effrayez pas les oiseaux. J'aime bien qu'ils se sentent chez eux dans le marais derrière ma propriété.

Il se dirige vers son camion et leur fait signe de le suivre.

— Belle auto! s'exclame-t-il en passant devant la jeep de Chantal.

Celle-ci n'a aucune difficulté à suivre le camion d'Edgar qui conduit à environ trente kilomètres à l'heure.

— Regardez-moi ça! s'écrie Agnès en apercevant la maison isolée.

La vieille demeure des Jasmin, illuminée par le soleil couchant, semble digne d'abriter un fantôme.

— Je serais déçu si elle n'était pas hantée, dit Justin.

— Toi qui sais trouver les bons mots, Justin, décris cette maison, dit Pauline.

— C'est une maison carrée de trois étages. Il y a un long balcon à l'avant de chacun des étages. Je parie qu'il y a une très grande pièce sous le toit derrière les trois fenêtres et le petit balcon.

— C'était peut-être un hôtel, dit Carl.

Chantal stationne la jeep à côté du camion d'Edgar.

— La maison se sent seule, dit Agnès sans savoir pourquoi.

— Les maisons n'ont pas de sentiments, dit Justin en sortant de la jeep après elle. C'est ton imagination.

— Est-ce qu'un rideau a bougé au premier étage, à l'instant, ou si je l'ai imaginé? demande Chantal en saisissant le bras de Carl.

— Est-ce qu'il y a quelqu'un dans la maison, monsieur Mineau? demande Carl.

— Non, personne n'habite ici depuis des années, répond Edgar en sortant de son camion. C'est pour ça qu'elle ne m'a pas coûté cher. Et on m'a même laissé tous les meubles.

Il fait entrer les jeunes dans la maison et leur montre où se trouvent la boîte à fusibles, l'interrupteur de la pompe à eau et tout ce qui est utile en cas d'urgence.

Agnès laisse ses amis accompagner le propriétaire et se dirige vers l'escalier central qui se divise au premier palier. De là, les marches continuent à s'élever à droite et à gauche. Elles sont recouvertes d'un tapis qui a jadis été luxueux. Qui hanterait une maison qui a déjà été si élégante? Pourquoi est-elle abandonnée? Qui l'a quittée précipitamment sans emporter les meubles, ni même les tableaux et les photos?

Lorsqu'Agnès atteint le palier, un long frisson la saisit et ses jambes refusent d'avancer. Elle se tient à la rampe en attendant que le tremblement passe.

Puis elle parvient à redescendre lentement, sans quitter des yeux les portes closes des chambres du premier étage. Y a-t-il quelqu'un ou quelque chose dans une de ces pièces qui a surveillé leur arrivée? Est-il encore là?

Agnès se dit que sa peur est ridicule, mais elle attendra les autres pour explorer la demeure. Secouant le sort qui semble la paralyser, elle s'enfuit en direction des voix qui lui parviennent de la droite.

Elle trouve ses amis dans la cuisine.

— Dormons toutes les trois dans la même chambre, dit-elle à Pauline.

— Ça me va. On dirait que tu viens de voir le fantôme. Es-tu allée toute seule en haut?

— Je suis montée jusqu'au palier.

— Va chercher ta valise, on ira se choisir une chambre ensemble.

Pauline a déjà sa valise à la main mais, avant de monter, elle attend qu'Agnès revienne.

La première chambre qui donne sur la plage est immense. Agnès s'assoit sur un des lits pour tester le matelas. Le couvre-lit sent le moisi et est légèrement humide.

— Je vais mettre mon sac de couchage sur les matelas, déclare Pauline. On ne sait pas qui a dormi dans ce lit. Et c'est tellement humide.

Agnès ouvre la porte-fenêtre vitrée donnant sur un petit balcon.

— Pauline, viens voir!

Il reste assez de lumière pour qu'elles voient les vagues de la baie venir lécher le sable de la plage. Agnès se croirait au paradis si Edgar Mineau ne sortait à ce moment-là. Il lève la tête pour les regarder et grimace une sorte de sourire à leur intention.

— Il me donne la chair de poule, chuchote Pauline. J'espère qu'il ne viendra pas trop souvent cette semaine.

— Saluons-le pour lui rappeler qu'il s'en allait, murmure Agnès.

Elle secoue la main et crie:

— Au revoir. Merci encore. Et ne vous inquiétez pas pour nous. Tout se passera bien.

Il saisit le message et remonte dans son camion qu'Agnès et Pauline regardent jusqu'à ce que ses phares arrière disparaissent.

— Dieu merci, il est parti, dit Chantal en entrant.

Elle dépose sa valise par terre et installe son lecteur de disques compacts portatif sur une commode. Puis elle ouvre un petit sac et en sort son maillot de bain.

— Allons nous baigner avant qu'il fasse complètement noir. Carl et Justin sont déjà dans l'eau.

Agnès l'entraîne sur le balcon. Les trois filles regardent Carl lancer un frisbee à Cola. Le chien l'attrape souvent avant qu'il touche le sol.

— La dernière dans… commence Agnès.

Elle se tait. Pauline lui agrippe un bras et Chantal, l'autre. Elles restent toutes trois immobiles, l'oreille tendue.

Une musique se fait entendre. Pas une mélodie mélancolique comme on s'y attendrait dans une maison hantée, mais une musique rythmée. Et faiblement, entre les notes, leur parvient l'écho d'un rire.

Chapitre 3

— Est-ce que les fantômes rient? chuchote Pauline.

— Je… Je crois qu'ils font tout ce qu'ils veulent, répond Agnès.

— Qu'est-ce qu'on fait? demande Chantal, le visage blême.

— On peut s'en aller, décide Agnès. Est-ce qu'on retourne chez nous ou si on trouve un endroit où camper?

— Pas nécessaire, dit Pauline. Restons ensemble et voyons si ça se reproduit.

— On restera dehors le plus possible, ajoute Chantal. C'est ce qu'on voulait faire de toute façon.

— Allons raconter aux gars ce qui vient de se passer, propose Agnès. J'espère qu'ils ne se moqueront pas de nous.

Les trois filles enfilent leur maillot et atteignent la plage en un temps record. Une fois à l'extérieur, trouvant leur frayeur ridicule, elles décident d'un commun accord de ne rien dire aux garçons de ce

16

qu'elles ont entendu ou cru entendre dans la vieille maison.

L'étendue de sable devant la maison des Jasmin est déserte aussi loin que porte le regard.

Le sanctuaire d'oiseaux dont Edgar Mineau a parlé doit être plus loin au sud. Occasionnellement, un oiseau les survole et se dirige vers l'horizon. Tout est calme. Ils n'entendent que quelques cris d'oiseaux et le bruit de l'eau.

Les trois filles se poursuivent en criant et s'éclaboussent l'une l'autre pour se débarrasser de la peur que leur a causé la musique insolite.

Agnès regarde la maison et a l'impression que celle-ci les surveille.

Pauline pourchasse Justin et l'oblige à se mouiller. Agnès est tout à la fois surprise et enchantée de voir son frère, habituellement si sérieux, se détendre et faire le fou.

— Tu ne crois pas aux fantômes, hein, Justin? lui demande-t-elle, alors qu'ils reviennent lentement vers la maison pour préparer le souper.

— Justement, j'y crois, répond-il en lui souriant. J'ai beaucoup lu sur ce sujet.

— Des esprits qui restent avec nous parce qu'ils sont malheureux. Ce genre de choses? dit Pauline en faisant la grimace.

— Oui, mais j'ai lu l'histoire d'une femme qui savait que son fils était là quand elle sentait un parfum de rose. Il lui avait toujours offert des roses le jour de la fête des Mères et à la Saint-Valentin.

— Alors, il peut y avoir de gentils fantômes ? demande Chantal. Des fantômes qui rient ?

— Les fantômes ne sont pas toujours menaçants, affirme Justin en souriant à Pauline.

Agnès comprend alors que son frère flirte avec son amie. C'est intéressant, quoique étrange. Pauline n'a jamais fait attention à Justin qu'elle considère comme un « bollé ».

— On a entendu quelque chose, dit Agnès. Ça venait d'en haut, de là où tu disais deviner qu'il y a une pièce derrière les trois fenêtres.

— Qu'est-ce que vous avez entendu ? demande Carl. Des gémissements et des plaintes ?

— Non, réplique Chantal en lui jetant un regard renfrogné. On a entendu de la musique, toutes les trois.

— Quel genre de musique ? demande Justin à Pauline.

— Je crois que c'était Diane Dufresne, répond-elle en détournant le regard.

— Diane Dufresne ! s'écrie Carl en riant et en jetant sa serviette de plage sur la tête de Chantal. Ces femmes essaient de nous faire peur, Justin. Allons-nous les laisser faire ?

— Je ne sais pas qui chantait, reprend Pauline. La musique n'a pas duré longtemps. Mais on l'a vraiment entendue et quelqu'un riait. On n'a pas inventé tout ça.

— Ce n'est pas une blague, ajoute Agnès.

Si elle avait été seule à entendre la chanson, elle

aurait pu penser que c'était une illusion. Mais trois personnes ne peuvent imaginer la même chose en même temps.

— O.K., je vous crois, concède Justin. Mais la prochaine fois que vous l'entendez, prévenez-moi. C'est fascinant !

— Bien sûr que ce l'est, comme les meurtres en série, les vampires, les...

— Je meurs de faim, dit Carl. Est-ce qu'on a dîné ?

— Tu as seulement mangé deux *Big Mac* et deux portions de frites, lui rappelle Chantal. Tu es prêt de t'évanouir.

Agnès se met à courir.

— Le dernier entré fait la vaisselle ! crie-t-elle.

Se changer, préparer le souper, faire des choses normales. C'est plus facile que de penser à des fantômes. Elle ressent le besoin de bouger et de se tenir occupée.

La vieille cuisinière au gaz fonctionne encore. En un rien de temps, ils font bouillir de l'eau pour les pâtes et réchauffent un pot de sauce aux tomates. Chantal prépare une salade. Agnès beurre des tranches de pain.

La cuisine est confortable. Ils sont rassasiés et calmes lorsqu'ils entendent de nouveau de la musique. Cette fois, c'est un air mélancolique.

— Écoutez ! dit Agnès, les mains dans l'eau savonneuse.

— Ça vient d'en haut, dit Justin. Allons voir.

— Aller voir ? proteste Agnès. Peut-être qu'on...

— Tu préfères te cacher jusqu'à ce que ça arrête, peureuse ? demande Justin.

C'est exactement ce qu'il fallait dire pour qu'elle ait honte de son hésitation. Justin réussit toujours à la provoquer ainsi.

En fait, dans son groupe, Agnès a la réputation d'être une fonceuse. Elle est toujours la première à tout essayer. Dans un jour ou deux, c'est elle qui dira : « Voyons jusqu'où on peut nager. »

— D'accord, laissez-moi prendre ma lampe de poche, dit-elle en s'essuyant les mains avant de sortir de la cuisine.

Ils la suivent tous dans l'escalier.

— La musique vient du deuxième étage, dit-elle. Il doit y avoir un escalier quelque part.

Mais le long du corridor du premier étage, il n'y a pas de porte s'ouvrant sur un escalier.

— Pour entretenir une maison aussi grande, il devait y avoir des serviteurs, dit Justin. Retournons à la cuisine.

— Bien sûr, un escalier de service pour le logement des domestiques, dit Agnès.

Dans les romans policiers britanniques dont elle est une fervente lectrice, il y a toujours un escalier de service. C'est elle qui trouve la porte dissimulée dans un garde-manger de plain-pied.

Derrière, il y a un escalier à vis étroit et raide, comme dans les films à suspense. Les cinq amis se pressent les uns contre les autres sur le palier.

— Ce doit être le premier étage. Comment ça se fait qu'il n'y a pas de porte ? chuchote Agnès.

— C'était pour préserver la vie privée. Pendant la journée, les bonnes devaient utiliser l'escalier principal pour faire le ménage, dit Chantal.

Elle serre la main d'Agnès dans la sienne et ajoute :

— C'est stupide de continuer à monter.

— Je te protégerai, dit Carl.

Puis il rit en entendant le bruit de griffes sur les marches derrière eux. Il ajoute :

— Et Cola aussi. Bon chien ! Viens ! Trouve la piste des méchants.

Agnès recommence à monter. Au deuxième étage, l'escalier mène à un corridor dans lequel s'ouvrent plusieurs petites chambres qui sentent le renfermé.

Les narines d'Agnès sont pleines de poussière, mais elle retient un éternuement. Il lui semble important de rester silencieuse.

Car maintenant le silence règne, un silence mortel. De temps à autre, le plancher craque sous leurs pieds, mais il n'y a plus de musique.

Ils ne trouvent pas d'interrupteur. Dans le corridor, il fait aussi noir que dans une cave. Justin passe ses doigts sur le mur au haut de l'escalier.

— Je me demande si ce passage a déjà été scellé, chuchote-t-il.

Pauline l'aide à chercher, mais ils ne trouvent rien.

— S'il y a une pièce derrière ce mur, il doit sûrement y avoir une autre entrée, dit Agnès en éclairant le mur avec sa lampe de poche.

L'estomac de Carl émet un gargouillement et ils auraient tous éclaté de rire si Cola ne s'était pas couché devant le mur en gémissant, si la musique n'avait pas recommencé à jouer.

C'est encore la douce mélodie romantique.

Puis des voix.

D'abord, une voix de femme, parlant doucement.

Puis une voix d'enfant qui supplie, insistante.

Et des pleurs qui se changent graduellement en lourds sanglots pathétiques qui leur brisent le cœur.

Chapitre 4

— Qui est-ce? chuchote Chantal. Ce n'est pas un fantôme. Ce sont des vivants.

Carl frappe au mur en criant:

— Qui est là? Est-ce qu'on peut vous aider?

Cola se relève et, appuyant ses pattes avant sur le mur, aboie pour poser sa question. Il a saisi l'humeur du moment, un mélange d'excitation et de peur.

Tout se tait abruptement. Ils tendent l'oreille, mais il n'y a plus un son.

— Il y a sans doute une entrée ailleurs, dit doucement Agnès. Cherchons-la.

—Non, dit Pauline qui en a assez.

Elle commence à redescendre et tous la suivent pour ne pas rester seul dans le noir.

De retour dans la cuisine, Agnès dit:

— Mais ils ont peut-être besoin d'aide!

— S'ils avaient besoin d'aide, ils auraient répondu quand Carl a frappé au mur, réplique Pauline. Les fantômes n'ont pas besoin de notre aide.

— Tu crois vraiment que ce sont des fantômes ? lui demande Agnès qui ne sait plus quoi penser.

— Je ne sais pas. Je pense qu'une bonne tasse de chocolat chaud me ferait du bien, dit Pauline en se dirigeant vers la cuisinière à gaz.

Elles préparent du chocolat chaud en silence, puis Chantal demande :

— Est-ce qu'on devrait faire nos bagages et nous en aller ?

— Pourquoi ? Personne ne nous embête. Je dirais que c'est nous qui les dérangeons en habitant ici.

— Je ne sais pas si c'est pareil pour vous mais, moi, entendre quelque chose que je ne comprends pas, ça me dérange, dit Pauline. Surtout entendre quelqu'un pleurer.

— Mais tu ne voulais pas voir si on pouvait trouver l'entrée de cette pièce, proteste Carl en serrant sa tasse entre ses mains pour les réchauffer.

— Où est ton sens de l'humour, Pauline ? lui demande Justin. On a trouvé le seul endroit qui restait à louer et maintenant on découvre pourquoi il est à si bon prix. Il est vraiment hanté. Tu ne trouves pas ça drôle ?

— O.K. C'est drôle, réplique Pauline en lui adressant un petit sourire. On est dans une situation hilarante.

— Allons nous asseoir sur la plage pour regarder les étoiles, ma douce, dit Carl en prenant la main de Chantal. Nos amis ont oublié pourquoi on a quitté la ville.

Agnès voit Carl mettre son bras sur les épaules de Chantal. Elle ressent un pincement de… jalousie, sans doute. Pourtant, elle a l'habitude que Carl soit avec elles et qu'il serre Chantal contre lui. Peut-être que ce qu'elle ressent, c'est la solitude.

C'est encore pire lorsque Justin force Pauline à s'asseoir sur la chaise à côté de lui et lui demande :

— Tu ne penses pas vraiment que tout est drôle, hein, Pauline ? Que caches-tu ?

— Qu'est-ce que tu veux dire ? réplique Pauline, sur la défensive.

— J'ai déjà rencontré des gens comme toi, dit-il. Ils font tout le temps des blagues pour cacher leurs vrais sentiments.

À l'étonnement d'Agnès et, certainement, à sa grande surprise, Pauline éclate en sanglots. Ce qui donne à Justin l'occasion de l'attirer contre lui pour la serrer longuement dans ses bras.

Qu'est-ce qui se passe ? Parce qu'ils ont entendu des bruits inexplicables, Chantal et Carl s'évadent, et son frère agit comme un être humain, comme une personne compréhensive. Il est en train de devenir amoureux de Pauline. Agnès trouve qu'elle fait pitié.

Elle avait imaginé qu'ils passeraient leur temps ensemble à nager, à jouer sur la plage, à s'amuser des soirées entières avec les jeux qu'ils ont emportés.

Elle n'avait pas du tout prévu que Justin et Pauline formeraient un couple, la laissant seule comme la cinquième roue du coche, comme…

Saisissant sa tasse, elle se précipite dans l'escalier avant que les autres voient rouler les larmes sur ses joues. Bonté divine !

Elle met sa vieille robe de nuit en flanelle et se couche. Adossée à deux oreillers, elle sirote son chocolat. Tout est si tranquille, trop tranquille.

Elle se relève et va ouvrir la porte-fenêtre donnant sur le balcon. Le bruit des vagues devrait la détendre. Mais non, le clapotis de l'eau ressemble trop à des chuchotements, comme si la baie l'appelait : « Agnès ! » Elle s'en veut d'avoir trop d'imagination.

Elle éteint et sort sur le balcon, bien déterminée à profiter de la belle soirée. Bien qu'elle refuse de penser à ce que font ses amis, les images envahissent tout de même son esprit.

Carl et Chantal, enlacés sur le sable, boivent leur chocolat et échangent des baisers.

Justin écoute Pauline lui raconter sa vie malheureuse. Agnès sait comment monsieur Lanthier dirige sa famille d'une main de fer, comment il terrifie sa femme et sa fille. Madame Lanthier est malheureuse, mais n'ose pas s'en aller parce qu'elle a toujours eu quelqu'un pour s'occuper d'elle. Pauline compte les jours qui la séparent de sa délivrance. Ses blagues servent à cacher ce qu'elle ressent vraiment. Justin a très vite percé à jour son personnage de fille comique. Agnès se rend compte qu'elle ne connaît pas son frère aussi bien qu'elle le pensait.

— Psst ! Psst !

Ce n'est pas la baie qui murmure.

— Psst! Qui es-tu? Bienvenue!

Agnès se retourne. Le murmure provient de l'intérieur de la maison. Pourquoi a-t-elle éteint avant de sortir sur le balcon? La chambre est noire comme dans un four. Lentement, la porte-fenêtre se referme.

— Hé! s'écrie Agnès.

Elle se précipite vers la porte et tourne la poignée. La porte est fermée à clé.

Chapitre 5

Elle court sur le balcon jusqu'à la chambre voisine. Elle distingue à peine la porte dans l'obscurité. Elle essaie de l'ouvrir. Celle-ci aussi est fermée à clé.

Tremblant autant de froid que de peur, Agnès retourne devant sa chambre.

— Carl ! Chantal ! crie-t-elle de toutes ses forces.

Sont-ils encore là ? Ils se promènent peut-être plus loin.

— Au secours !

Qui a murmuré ? Est-il, est-elle, toujours dans sa chambre ? Quelqu'un a bougé à l'intérieur pour fermer la porte.

Pauline et Justin ne peuvent pas l'entendre. Elle ne peut pas se rendre sur l'autre balcon du premier étage qui est séparé du sien par une saillie dans le mur là où passe l'escalier.

— Carl ! Chantal ! crie-t-elle de nouveau. Aidez-moi !

— Agnès! Qu'est-ce qui ne va pas?

La voix de Chantal monte directement d'au-dessous du balcon.

— Je suis enfermée dehors. Oh! Chantal! Viens me délivrer, dit Agnès en éclatant en sanglots.

Elle s'assoit par terre en attendant, les genoux collés contre sa poitrine, les mains cachées dans les manches de son pyjama.

La lumière jaillit dans la chambre. La porte s'ouvre et Chantal sort en riant.

— Agnès, pourquoi est-ce que tu croyais que tu étais enfermée sur le balcon? Cette porte s'ouvre facilement. Tu dois être gelée. Viens.

Elle aide Agnès à se relever et l'emmène dans la chambre, puis l'installe dans son sac de couchage et ajoute des couvertures par-dessus.

Agnès se pelotonne, sans prêter attention à l'odeur de moisi et de laine humide.

— Quelqu'un m'a enfermée dehors, dit-elle, après avoir retrouvé son calme. J'ai entendu une voix murmurer et puis j'ai cru qu'il avait fermé la porte à clé.

— La voix de qui? demandent Pauline et Justin, qui ont suivi Carl et Chantal à l'étage.

— Je ne sais pas, répond Agnès en serrant les poings. C'était une personne réelle. Ça, j'en suis certaine.

— Je crois que tu es fatiguée, ma petite sœur, dit Justin.

Il tire Pauline hors de la chambre. Agnès entend

son amie rire, puis tous deux redescendent au rez-de-chaussée.

— Je sais que tu n'as pas inventé une chose pareille, dit Chantal après le départ de Carl.

— Au moins, toi, tu me crois. Excuse-moi d'avoir gâché ta soirée.

— Ne t'excuse pas. Je suis très fatiguée. J'ai peu dormi la nuit dernière. J'étais trop énervée et j'avais mes bagages à faire. Ça ne me dérange pas de me coucher tôt.

C'est ce qu'elle fait et au bout de quelques secondes, semble-t-il, elle est endormie.

Agnès reste longtemps éveillée, encore glacée, encore secouée par l'expérience qu'elle a vécue. Qu'il ait vraiment eu lieu ou qu'elle l'ait imaginé, l'événement l'a terrifiée.

Lorsqu'elle se réveille le lendemain matin, elle est en sueur sous les nombreuses couvertures. Elle se sent un peu ridicule d'avoir eu si peur.

Et encore plus d'avoir été jalouse et de s'être apitoyée sur elle-même. Ce sont ses meilleurs amis et son frère. Elle n'a jamais considéré Justin comme un ami, mais elle pourrait changer d'avis. Est-ce que ce ne serait pas drôle?

Ou alors… Justin et Pauline ne l'auraient pas enfermée dehors, n'est-ce pas? Justin n'a jamais été le genre de frère joueur de tours. Mais sous l'influence de Pauline, changerait-il?

« Arrête d'essayer de comprendre », se dit-elle en

enfilant son maillot et un survêtement. Elle sort de la chambre sur la pointe des pieds pour ne pas réveiller Chantal et Pauline qui sont profondément endormies. Il n'y a personne dans la cuisine, et le café n'est pas prêt. Bien qu'il soit entendu que chacun s'occupe de son déjeuner et de son dîner, Agnès prépare un pot de café pour tous.

Elle s'en sert une tasse qu'elle apporte à l'extérieur. La matinée est fraîche. Agnès se réchauffe les mains sur sa tasse et sirote le chaud liquide. Elle laisse le vent emporter au loin les relents de peur, de doute et de confusion.

Des goélands la survolent, dans l'espoir de recevoir quelques miettes de nourriture. Même ici, ils considèrent les humains comme des pourvoyeurs.

Un sursaut d'énergie, dû à la caféine, lui traverse le corps. Elle se lève, enlève son survêtement et entre dans l'eau froide. Quelle merveilleuse façon de commencer la journée !

Agnès est une excellente nageuse. En puissants mouvements des bras, elle avance vers le large.

Lorsqu'elle s'arrête et se retourne, la vieille maison ressemble à un château de sable ou à un jouet d'enfant abandonné sur la plage. De loin, la demeure ne semble pas inquiétante.

A-t-elle l'air hantée ? Bien, de quoi une maison hantée devrait-elle avoir l'air ? La lumière du jour aide Agnès à redevenir raisonnable. Elle est prête à parier que c'est Pauline qui l'a enfermée sur le balcon. Elle et Justin ont ri et sont partis après avoir savouré leur blague. Et ce qu'ils ont entendu n'était peut-être pas des pleurs. Ils devraient tous rester dehors le plus possible et se tenir ensemble lorsqu'ils sont dans la maison.

Se tournant sur le dos, elle se laisse flotter. Elle essaie de ne penser à rien et de simplement profiter du soleil qui lui réchauffe le visage et de la caresse de l'eau.

Le temps ne compte plus, mais finalement son estomac lui rappelle qu'un petit déjeuner serait le bienvenu. Elle se retourne et regarde la plage pour s'orienter.

Où est la maison ? Oh oh ! quelle distance a-t-elle parcourue à la dérive ? Elle n'en a pas la moindre idée, mais décide qu'il serait plus sage de regagner la plage et de marcher pour rentrer, surtout que si elle voulait rebrousser chemin à la nage, elle devrait le faire à contre-courant.

Lorsque ses genoux touchent le fond, elle se relève. D'un mouvement de tête, elle flanque ses cheveux par-dessus une épaule, puis les essore des deux mains. Elle regarde alentour.

Soudain, l'isolement total dans lequel elle se trouve la rend nerveuse. Sans doute parce que c'est si rare. On ne peut pas faire deux pas à Hourville sans rencontrer quelqu'un. Pour l'instant, elle n'aperçoit même pas la vieille maison au loin. Et il n'y a pas un seul oiseau dans les parages.

Des nuages passent devant le soleil. Agnès lève la tête et frissonne. Marcher devrait la réchauffer.

Elle regarde derrière elle avant de se mettre en route. Rien, personne. Elle jette un coup d'œil alentour. Elle a l'impression d'être surveillée, mais elle ne voit personne. «Tu te fais peur à toi-même, crétine», se dit-elle. Elle ne réussira pas à vivre ainsi toute une semaine si elle ne maîtrise pas ses nerfs et son imagination.

Elle court pendant quelque temps, mais ne peut pas maintenir le rythme. Elle ralentit, puis doit s'arrêter pour reprendre son souffle. C'est alors qu'elle entend un pas de course derrière elle.

Se retournant vivement, elle aperçoit un étranger qui vient vers elle. Parce qu'elle ne le connaît pas, parce qu'elle est seule, une terreur étrange, atavique, la fait réagir spontanément. «Il te poursuit, pense-t-elle. Sauve-toi!»

Agnès repart à courir, ses pieds touchant à peine le sol à chaque enjambée.

Chapitre 6

— Attends ! crie le garçon qui court derrière elle.
Je… Je ne voulais pas te faire peur. Arrête !

Agnès doit s'arrêter de toute façon. C'est étrange
qu'elle puisse nager durant des heures et, par contre,
ne pas être capable de courir un peu. Elle a mal dans
la poitrine et ses tempes bourdonnent. Elle se penche
pour reprendre haleine.

— Alors pourquoi est-ce que tu me cours après ?
bredouille-t-elle en respirant avec difficulté. Tu me
poursuis et tu t'attends à ce que je n'aie pas peur ?
Ici, où il n'y a personne à des kilomètres à la ronde ?

— Qu'est-ce que tu fais ici ? lui demande-t-il en
souriant, ce qui est suffisant pour la détendre un peu.

Il a des yeux bruns et d'épais sourcils blonds qui
se rejoignent lorsqu'il sourit. Ses cheveux blond
foncé sont longs et hirsutes. Il ressemble à Brad Pitt
et ça la rend encore plus nerveuse. D'où sort-il ?

— Je pourrais te poser la même question. Est-ce
que tu habites dans le coin ? lui demande-t-elle. Tu
es en vacances ?

— Ouais, comment t'as deviné ?

Ses yeux sombres luisent et un demi-sourire joue sur ses lèvres.

— Tout le monde est en vacances. Quatre amis et moi, on a loué une maison près d'ici.

Elle veut qu'il sache qu'elle n'est pas vraiment seule.

— La vieille maison des Jasmin ?

— Tu la connais ? Tu es de la région ?

— J'ai déjà vécu par ici. Puis on a déménagé à Hourville. Je m'ennuie de la baie. Pas toi ?

Lorsqu'il se tourne pour regarder l'étendue d'eau, l'aura de solitude qui l'enveloppe s'étend pour inclure Agnès.

Elle se tient à côté de lui face à la baie et ajuste le rythme de sa respiration à celui des vagues. Cette fusion avec la nature la calme immédiatement.

— Je n'ai jamais vécu par ici, je ne pouvais donc pas m'en ennuyer, dit-elle. J'ai toujours vécu à la ville. Mais j'aime la nature. Je préfère nager dans un fleuve plutôt que dans une piscine. Je n'aime pas les murs, les limites.

C'est une drôle de chose à dire à un inconnu, mais c'est la vérité. Elle déteste qu'on lui défende de faire telle chose, d'aller à tel endroit. Sa mère ne se rappelle jamais que lui dire non équivaut à agiter un drapeau rouge devant un taureau. Comme lui dire qu'elle ne pouvait pas participer à ce voyage.

— Je t'ai vu nager, lui dit-il. Tu semblais être dans ton élément.

— Écoute, si tu es seul, tu pourrais m'accompagner à la maison et rencontrer mes amis. Je n'ai pas déjeuné. Je vais faire des œufs brouillés et il y a du café, à moins que quelqu'un l'ait bu. Si c'est le cas, j'en ferai d'autre.

— D'accord. Ça ne me dérange pas d'être seul, mais…

Il lui sourit de nouveau. Toute froideur fond en elle.

— On vous a dit que cet endroit est hanté ? lui demande-t-il lorsqu'ils arrivent à la maison qui n'était pas aussi éloignée qu'Agnès le pensait.

— Ouais, on nous l'a dit, mais on a décidé de courir le risque. On ne croit pas aux fantômes.

Ils n'y croyaient pas jusqu'à la nuit dernière. Peut-être que s'il a vécu par ici… Non, elle ne veut pas le bombarder de questions à leur première rencontre. Elle ne veut surtout pas le faire fuir.

Agnès ramasse sa serviette de plage, son survêtement et sa tasse là où elle les avait laissés avant d'entrer dans l'eau. Puis elle emmène son inconnu dans la maison.

— Hé, les amis ! Voyez ce que j'ai trouvé sur la plage.

Quatre regards ensommeillés se tournent vers eux. Ses amis sont surpris qu'elle ait ramené un invité, mais Chantal leur sourit.

— J'ai oublié de te demander ton nom, dit Agnès en rougissant au moment des présentations.

— Val. Val Jarry, dit leur visiteur en tendant la main d'abord à Justin, puis à Carl.

— Val, comme dans Kilmer, la vedette de cinéma, ou comme dans Valentin, Saint-Valentin ? demande Pauline en lui tendant la main à son tour.

Il gratte l'ombre jaune qui garnit son menton et lui adresse le lent sourire qui fait retrousser les orteils d'Agnès.

— Personne ne m'a jamais accusé d'être un saint, alors je suppose que c'est comme l'acteur. Je ne savais pas qu'un autre portait aussi ce nom-là, que j'ai longtemps détesté.

— Où étais-tu ces dernières années ? demande Pauline. Val Kilmer a été Batman.

— Tiens, dit Agnès en tendant une tasse pleine à Val.

— Merci, dit-il. Je n'ai pas eu le courage d'allumer un feu pour en faire ce matin. Ça sent bon.

En prenant la tasse, il s'arrange pour que ses doigts touchent ceux d'Agnès.

Val ne dit pas grand-chose lorsque les autres sont enfin assez éveillés pour tenir une conversation, mais il sourit beaucoup et mange une énorme assiettée d'œufs et de pain. Il semble à l'aise parmi le groupe d'amis. Agnès n'en revient pas de sa chance. Quelqu'un là-haut s'est rendu compte que cinq est un chiffre impair.

Justin lui vient en aide.

— Tu fais du camping ? demande-t-il à Val. Il y a plusieurs chambres libres ici. Tu peux t'installer dans l'une d'elles pour la semaine. Si tu veux de la compagnie, bien sûr.

Justin apprécie la solitude. Il comprend facilement que quelqu'un ait envie de rester seul.

— C'est vraiment généreux de votre part, dit Val, mais je… je…

Agnès a l'impression que son cœur est emprisonné dans un ascenseur en chute libre.

— Je vais probablement rester où je suis, continue Val. Mais je viendrai vous rendre visite de temps en temps. Vous aimez le poisson ? Je suis un bon pêcheur. On pourrait se faire griller du poisson un de ces jours.

Il sourit à Agnès, et elle lui pardonne de ne pas vouloir vivre avec eux. Bonté divine, ses émotions jouent à la bascule !

— Tu aimes aller à la pêche, Agnès ? demande Val.

— Je… Je…

— Vrai ou faux ? la taquine Pauline.

— Je pourrais apprendre à aimer la pêche, riposte Agnès.

Ses amis rient, sachant qu'elle n'aime pas le poisson. Ils voient que Val lui plaît.

Chantal vient serrer Agnès dans ses bras, tandis qu'elles se préparent à laver la vaisselle. L'eau coule du vieux robinet en crachotant et en éclaboussant.

— Agnès, qu'est-ce que vous faites ce matin, Val et toi ? demande Chantal. Les gars veulent aller se baigner, puis observer les oiseaux dans le marais.

— On va observer les oiseaux ? demande Pauline.

— Carl et moi y allons. Ceux et celles qui veulent se joindre à nous sont les bienvenus, répond Justin en lui souriant.

Comme Val accepte de les accompagner, Agnès se dépêche d'aller prendre une douche et de se changer, rassurée qu'il ne disparaîtra pas dès qu'elle le quittera des yeux.

En sortant, elle voit que le camion d'Edgar Mineau est stationné à côté de la jeep et que son propriétaire est occupé à planter des fleurs devant la maison. Pourquoi jardiner alors que la maison a besoin de tant d'entretien?

Le vieil homme sourit à Agnès qui s'empresse d'aller rejoindre ses amis sur la plage. Cola adore attraper le frisbee et Carl s'assure que le chien ait son content d'exercice physique.

— Beau chien! commente Val qui apparaît soudainement à côté d'elle.

Agnès sursaute. Ses nerfs sont encore à vif depuis l'aventure de la nuit précédente.

— Ouais, dit-elle. Je crois que Carl aime ce chien encore plus que Chantal. Il veut devenir vétérinaire.

Elle lui laisse le temps de mentionner ses propres projets, mais il n'en fait rien.

— Tu étudies à Hourville ou ici? demande-t-elle.

— À Hourville.

— Je finirai mon secondaire l'an prochain, mais je n'ai pas la moindre idée de ce que je veux faire ensuite. Chantal veut devenir ingénieure mécanicienne. Elle est douée pour la mécanique.

— Pour une fille ? demande-t-il en souriant.

— Quelle est la différence ? Justin ne sait même pas réparer une crevaison à sa bicyclette. C'est moi qui le fais à sa place. Il sera probablement un de ces chanceux qui écrivent des best-sellers et qui deviennent assez riches pour que d'autres s'occupent de tout à leur place.

Agnès dit n'importe quoi parce qu'elle ne supporte pas les silences qui s'installent entre elle et Val. Elle croyait lui plaire, mais maintenant elle n'en est plus si sûre.

D'habitude, les gars en viennent à aimer Agnès après avoir appris à la connaître. Tandis qu'ils sont séduits dès qu'ils posent les yeux sur Chantal. Puis ils constatent qu'elle est déjà prise, mais elle reçoit quand même ce regard impressionné qu'ils réservent aux mannequins et aux vedettes de cinéma.

Agnès est drôle, amicale et gentille ; elle compte sur ces traits de caractère pour attirer la moitié masculine de la population. Peut-être que Val pourrait aimer une fille qui n'a pas peur de nager seule. Peut-être qu'il aime sa façon de courir. Elle sent le rouge lui monter aux joues en se souvenant qu'elle a couru pour le fuir.

— Je dois m'en aller, dit Val.

— Je... Tu ne viens pas au marais avec nous ? demande-t-elle en essayant de ne pas laisser transparaître la déception dans sa voix.

— Une autre fois. J'ai laissé toutes mes affaires là-bas.

Il se met à courir, la quittant assez abruptement, lui semble-t-il. A-t-elle dit ce qu'il ne fallait pas?

Le regardant disparaître en direction de son campement, elle fait le souhait de le revoir.

— Qui est ce garçon? demande quelqu'un derrière elle.

Surprise, elle se retourne. Edgar se tient près d'elle, trop près d'elle.

— Il… C'est un ami.

— Je croyais que vous n'étiez que cinq.

— C'est exact. Vous voulez augmenter le prix de la location parce qu'on a un ami?

Sa voix est cassante. Agnès ressent une flambée de colère soudaine. Est-ce à cause de la question d'Edgar ou du départ de Val?

— J'aime savoir qui vient ici, dit le vieil homme en levant sa pelle comme une arme.

Agnès s'écarte de lui et demande:

— Vous n'avez pas de travail à faire?

— J'en ai trop.

Elle le regarde retourner à ses plates-bandes en secouant la tête.

— Je croyais que tu aimais Val, dit Pauline en s'approchant d'Agnès. As-tu décidé qu'Edgar est plus ton genre d'homme?

— Il me donne la chair de poule. Il m'a demandé qui est Val. Sans doute qu'il voudra augmenter le prix de la location si on est six.

— Est-ce qu'on est six?

— Je le souhaiterais. J'espère qu'il reviendra.

— Que sait-on de lui, à part qu'il est superbe?

— Il aime la pêche. Il a mangé pour deux. Il n'est probablement pas bon cuisinier. Il aime camper. Il est venu de Hourville, lui aussi. Et… il préfère être seul la plupart du temps.

Agnès n'a pu empêcher sa voix de trembler.

Pauline lui tapote l'épaule en disant:

— Il reviendra. Crois-moi. Est-ce que je mentirais à ma meilleure amie?

— Oui.

— Répète après moi: « Il reviendra. »

Agnès ne peut pas rester triste longtemps en présence de Pauline. Elle répète en riant:

— Il reviendra. Il reviendra. Il reviendra.

Elle finit par y croire.

Mais quand reviendra-t-il? Aujourd'hui? « S'il te plaît, Val, reviens aujourd'hui, pense Agnès. Comme un de tes poissons, je suis bien appâtée. »

Chapitre 7

Val lui a fait oublier les histoires de fantômes et de maison hantée. Mais lorsque Agnès monte seule dans leur chambre, elle s'en souvient.

Dès que Chantal revient, les cheveux mouillés après la douche, Agnès lui demande :

— Est-ce que vous avez entendu quelque chose ce matin, Pauline et toi ?

— Non, rien. Je crois que les fantômes ne se manifestent que la nuit.

Chantal est sérieuse, mais aussi insouciante. Elle s'habille et peigne ses longs cheveux.

Agnès lui en veut un peu de sa nonchalance. À moins que son irritation ne soit causée par le départ de Val.

— Je ne pense pas que les fantômes obéissent à des lois, Chantal. Ils peuvent revenir à volonté.

— J'ai décidé de ne pas les laisser me faire peur.

— Tu peux prendre une décision pareille ?

— Certainement. Je ne vais pas laisser des bruits bizarres gâcher mes vacances. Et toi ?

Chantal sourit à Agnès, puis vient s'asseoir à côté d'elle sur le lit.

— Je suis contente que tu aies rencontré Val, lui dit-elle. Il est vraiment beau. Si je n'étais pas amoureuse de Carl, je te ferais un peu de compétition. Ces magnifiques yeux bruns et cette chevelure épaisse, comme une crinière de lion.

— Il est parti.

Heureusement que Chantal est amoureuse de Carl, sinon Agnès n'aurait aucune chance de se faire aimer de Val.

— Il reviendra. Il voulait probablement s'assurer que son équipement est encore là. Peut-être qu'il le ramènera et qu'il s'installera ici avec nous.

— Et peut-être que Cola apprendra à voler.

Agnès ne veut pas trop espérer.

— Quand est-ce que Cola va voler ? demande Pauline en entrant dans la chambre.

Toutes trois éclatent de rire. S'apercevant que ses poings sont serrés, Agnès les oblige à se détendre. Ils sont en vacances. Elle peut faire ce qu'elle veut. Elle peut croire au retour de Val.

Lorsque Chantal et Agnès sortent de la maison, Edgar Mineau est occupé à regarder sous le capot de la jeep.

Chantal se précipite vers sa voiture.

— Je peux vous aider, monsieur Mineau ? demande Chantal, au lieu de tuer l'homme immédiatement pour avoir osé toucher sa jeep.

— Je ne fais que regarder. C'est tout une voiture ! Il me semble que tu as installé un nouveau moteur.

— En effet, réplique Chantal en saisissant la tige métallique qui soutient le capot pour indiquer qu'elle va le refermer. Je déteste qu'on tripote ma jeep, monsieur Mineau. Excusez-moi de vous le dire, mais j'ai consacré beaucoup de temps et d'argent pour la retaper et je me sens très protectrice. Vous pouvez me comprendre, n'est-ce pas ? Vous rénovez cette maison.

— Je comprends. Mais je ne faisais que regarder, dit-il d'un ton déçu.

— Regardez, mais ne touchez pas, dit Chantal en lui adressant un magnifique sourire.

Elle séduit ainsi la plupart des gens, particulièrement les hommes et les vieilles dames.

— Vous allez au marais ? demande Edgar en essuyant ses mains sur un mouchoir sale.

Justin vient d'apparaître, des jumelles accrochées au cou.

— Oui. Vous avez des suggestions ?

— Je t'interdis de l'inviter, chuchote Agnès à l'oreille de son frère.

— Est-ce qu'on apporte une collation ? demande Carl à Chantal qui se dirige vers la cuisine avec Agnès.

— On ne va pas loin et tu viens de déjeuner, lui rappelle Chantal. À ce rythme-là, on va devoir retourner à l'épicerie demain.

— Bonne idée, réplique Carl en souriant.

Agnès met un goûter dans son sac à dos. Elle a toujours faim, elle aussi, alors elle comprend Carl. En sortant, elle lui tend deux tablettes de chocolat et un sac de noix en disant :

— Prends ça, Carl, mais garde-moi quelques noix d'acajou pour me récompenser d'avoir pensé à ton estomac.

— Merci Agnès. Tu as un grand cœur.

— Et toi, tu as un grand estomac, dit Chantal en tapotant le bras de Carl avant de s'enfuir.

Il la poursuit jusqu'à la plage où ils s'écroulent, enlacés, en riant.

Agnès est soulagée d'apercevoir Edgar transportant une échelle. Il les surveille, mais il ne les accompagne pas au marais.

Après avoir marché quelques minutes au bord de l'eau, les amis se dirigent vers l'intérieur des terres, à la suggestion de Justin qui leur dit :

— On aura peut-être la chance de voir des hérons.

— Oh ! j'ai hâte ! dit Pauline en lui souriant.

Il lui rend son sourire et Agnès se dit que ces deux-là sont définitivement attirés l'un vers l'autre. Qui l'aurait prédit ?

Dans le marais, ils regardent tour à tour dans les jumelles de Justin lorsque celui-ci aperçoit un oiseau intéressant. Cette promenade entre amis plaît énormément à Agnès, d'autant plus qu'en rentrant, elle n'aura pas à étudier. L'année scolaire est terminée.

— Hé ! Regarde ça, Agnès, lui dit son frère en

lui tendant ses jumelles. J'ai trouvé un oiseau rare. Je crois que c'est un solitaire à tête jaune. Qu'en penses-tu?

Lui prenant les épaules, il la fait tourner pour qu'elle regarde dans la bonne direction.

Le cœur d'Agnès bondit dans sa poitrine. Dans les jumelles, elle voit Val Jarry comme s'il était juste devant elle. Elle se retient de tendre la main pour le toucher.

— Qu'est-ce que je t'avais dit? chuchote Pauline. Allons le rejoindre.

— Il n'est pas revenu, dit Agnès sur le même ton. C'est nous qui allons à lui.

— Quelle différence? Il savait qu'on venait ici. Il t'attendait.

Et courant au-devant du garçon, Pauline lui crie:

— Hé! Val, tu as vu des choses intéressantes?

Il se retourne et adresse son lent sourire à Pauline, mais son regard cherche plus loin et s'illumine en apercevant Agnès. Elle peut même voir le sourire atteindre ses yeux sombres.

Il s'avance vers eux jusqu'à ce qu'il soit à côté d'Agnès et elle sent son cœur battre la chamade. Elle imagine celui-ci sautillant au bout d'un ressort comme dans un dessin animé.

— Tu aimes observer les oiseaux? lui demande Val, tandis qu'ils s'éloignent du groupe.

— J'aime surtout être dehors. Mais je comprends l'excitation qu'on doit ressentir en découvrant une espèce rare.

— Je voudrais…

Val ne finit pas sa phrase et semble soudain très loin d'elle en pensée. Elle lui prend le bras pour le ramener à la réalité.

— Est-ce que ça va ? Tout ton équipement était encore là ? lui demande-t-elle.

— Oui. Je n'ai rien qui ait de la valeur.

— Qu'est-ce que tu allais dire ? ose demander Agnès.

— Oh ! sans doute que j'aimerais te connaître depuis longtemps ! Je voudrais qu'on soit dans la même école. Je voudrais qu'on se revoie quand on sera rentrés à Hourville.

— On le peut. Hourville n'est pas une si grande ville.

Ils pourraient échanger leurs adresses et leurs numéros de téléphone. Elle ne veut pas penser à leur séparation à la fin de la semaine. On est seulement dimanche.

— On a plein de hamburgers et de hot-dogs. Val, reviens avec nous à la maison. On va pique-niquer sur la plage et nager au clair de lune.

— C'est une bonne idée, Agnès. Allons-y. J'ai faim.

— Voilà un homme que je comprends, dit Carl en tapant sur l'épaule de Val.

Agnès ne s'est pas rendu compte que le groupe les suivait. Carl libère son chien en disant :

— Va, Cola !

Le chien bondit en aboyant.

— Val est d'accord pour m'aider à préparer le souper, annonce Agnès.

— Super! dit Pauline. Agnès est très mauvaise cuisinière, c'est pour ça qu'on lui a confié le repas le plus facile à préparer. Val, tu pourrais déballer les saucisses?

— Je pourrais faire ça ct même beurrer les pains.

Il rattrape Agnès qui vient de trébucher sur une branche. Puis il se penche pour ramasser celle-ci en disant:

— En rentrant ramassons du bois pour le feu de camp.

— Très astucieux, dit Chantal. Val, si tu restes assez tard, tu entendras peut-être nos fantômes.

Ils rient tous, mais Agnès aurait préféré que Chantal ne lui rappelle pas les sanglots déchirants. Elle souhaite vivre les cinq prochains jours sans les entendre de nouveau.

Chapitre 8

Ils empilent les branches sur la plage, puis ils rentrent dans la maison pour enfiler leurs maillots de bain.

— Vous allez faire un feu? demande Edgar du haut de son échelle.

Agnès est mécontente qu'il soit encore là, mais Justin lui répond poliment:

— Oui. C'est bien d'être sur la plage; c'est encore mieux quand on est assis autour d'un feu de camp. Vous allez repeindre la maison?

— J'y pense. Mais parfois, je me dis que je vais tout simplement la laisser tomber en ruine et en rebâtir une autre.

Il descend de son échelle et les suit dans la cuisine en demandant:

— Tout fonctionne bien, ici? La tuyauterie est vieille.

— Justin, ne lui parle pas, chuchote Agnès. Tu l'encourages à rester.

Les trois filles vont se changer.

— Je pense que tu plais à deux hommes, Agnès, dit Pauline en riant. Edgar Mineau ne te quitte pas des yeux.

— S'il te plaît ! Je déteste cet homme. Selon moi, il est capable d'essayer de nous effrayer.

— Pourquoi est-ce qu'il ferait ça ? demande Chantal en se coiffant devant le miroir terni de la vieille coiffeuse.

— Pour s'amuser. Il attire des jeunes ici puis il joue les fantômes, répond Agnès.

— Je crois que tu as regardé trop de films d'horreur, dit Pauline.

Les bras levés et les doigts tordus, elle fait :

— Ouhouhouhouh !

— Vous vous souvenez du film où un gars loue sa maison à un couple, puis se cache dans le grenier pour les observer ?

— Agnès ! Tu vas nous faire peur ! proteste Chantal.

Munies de serviettes de plage, de crème solaire et de romans d'amour qu'elles n'ont pas encore lus, les trois filles s'évadent de la maison et s'installent sur la plage. Agnès respire mieux à l'extérieur. Elle imagine que la maison les observe de toutes ses fenêtres et qu'au dernier étage, les fantômes attendent patiemment la nuit.

Les garçons sont déjà dans l'eau.

— Vous ne trouvez pas que les vagues sont plus hautes qu'hier ? demande Pauline.

— Peut-être qu'une tempête se prépare, répond

Chantal en regardant Carl plonger en éclaboussant ses compagnons.

Val fait signe à Agnès de le rejoindre. Dès qu'elle est près de lui, il plonge et nage sous l'eau. Elle plonge aussi et ils nagent côte à côte plus loin qu'elle ne l'aurait fait seule.

— Tu es une excellente nageuse, la complimente Val. Est-ce que tu es dans l'équipe de natation de ton école?

— Non. J'y avais pensé, mais je détesterais me lever à cinq heures pour l'entraînement. J'aurais dû y consacrer tous mes temps libres. Et toi, tu fais partie d'une équipe?

— ...Non. J'aime seulement nager. Un orage se prépare. J'aime voir les tempêtes quand je suis dans l'eau, pas toi?

— Pas vraiment. On n'a qu'une semaine de vacances et je préfère ne pas la passer en dedans.

— Tu peux sortir pendant un orage.

Agnès essaie de voir ce qu'il regarde au loin, mais elle ne distingue rien. Si elle n'était pas avec lui, elle se sentirait perdue dans la vaste étendue d'eau.

— On fait la course pour rentrer?

Elle repart vers la plage. Son puissant crawl la fait avancer rapidement.

Soudain, il est à son côté. Elle essaie de reprendre de l'avance, mais elle peut à peine se maintenir à sa hauteur. Il atteint la plage quelques secondes avant elle.

— Je n'ai jamais vu personne nager comme ça,

dit Pauline qui les a observés à travers les jumelles de Justin. Vous m'impressionnez tous les deux. Vous êtes allés très loin.

— Si Val n'avait pas été avec toi, je me serais inquiété, dit Justin à sa sœur en lui tapant dans le dos lorsqu'elle se met à tousser. Je ne sais pas comment maman s'attend à ce que je prenne soin d'une telle idiote.

— On n'était pas en danger, dit Val.

— On s'inquiétait parce que nous, on n'est pas à moitié poisson, dit Pauline.

— Où sont Chantal et Carl ? demande Agnès.

— Ils cherchent d'autres branches pour le feu.

— Et ils veulent être seuls, ajoute Justin en souriant à Pauline. C'est vrai qu'il nous faut plus de bois pour le feu.

— C'est une invitation ? demande Pauline en mettant un t-shirt par-dessus son maillot. Le temps se rafraîchit. On aura besoin d'un feu.

Elle fait quelques pas, puis se retourne pour s'assurer que Justin la suit.

— Alors, c'est à nous à préparer le souper, dit Agnès.

Val regarde Pauline et Justin s'éloigner.

— Val ? Tu veux m'aider ?

Parfois, Agnès a l'impression que Val n'est pas avec elle en pensée ou qu'il ne veut pas être avec elle. Est-ce son imagination ou l'affreux petit lutin dans sa tête qui dit que Val ne la trouve pas aussi belle que Chantal ni aussi drôle que Pauline ?

— Si tu veux être un peu seul, je peux m'occuper de tout, propose-t-elle.

— Pauline me rappelle quelqu'un, dit-il en se tournant enfin vers Agnès. Elle me fait penser à ma sœur. Pas physiquement, mais par sa personnalité. On s'amuse quand on est avec elle, hein ?

— Oui.

« Et moi, je ne suis pas amusante », dit l'affreux lutin.

— C'est la première fois que tu parles de ta famille. Tu as seulement une sœur ? demande-t-elle.

— Ouais, une sœur aînée.

— Tes parents vivent encore ensemble ?

— Bien sûr. Pas les tiens ? demande-t-il avec un sourire.

— Oui, mais les parents de la plupart de mes amis sont divorcés. Ceux de Chantal sont encore amoureux ; c'est amusant de les voir ensemble. Mais le père et la mère de Pauline devraient se séparer. Son père… Bien, je crois que Pauline en a peur. C'est un vrai dictateur.

En ce moment, Agnès a l'impression que Val l'écoute vraiment.

— On dirait que Mineau est encore ici, dit-il. J'aurais cru qu'ayant loué la maison, il laisserait ses locataires tranquilles.

— J'aimerais bien qu'il le fasse.

Ils sont entrés. Agnès se lave les mains pour préparer les hamburgers.

— Tu veux trancher les tomates et sortir la

moutarde et tout le reste ?

Lorsque les autres reviennent, tout est prêt à être transporté à la plage.

— Le feu est allumé, dit Carl. Ça prendra un moment avant qu'on ait de la cendre, cependant.

— Si on cuisinait sur les briquettes qu'on a apportées. Le feu servira à nous réchauffer. Il fait plus froid.

— Je vais mettre des jeans, puis je reviendrai vous aider, dit Chantal en sortant de la cuisine.

Agnès va se changer, elle aussi, et rapporte un survêtement pour Val, qui n'a qu'un t-shirt et des jeans par-dessus un maillot sans doute encore humide.

— Tiens ! dit-elle en lui tendant le vêtement. Il est trop grand pour moi ; il devrait t'aller.

Elle ne veut pas qu'il retourne à son campement. Il pourrait ne pas revenir.

Il le met et dit :

— Merci. Ça fait du bien.

Le feu gronde. Personne ne dit grand-chose ; ils sont trop occupés à ingurgiter les hamburgers, les croustilles, le maïs soufflé et les hot-dogs.

— Oh ! je ne pourrai plus jamais me lever ! dit Carl en posant la tête sur les genoux de Chantal.

Cola s'étire à côté de son maître qui le caresse en disant :

— Je pourrais dormir ici.

— Les étoiles sont belles vers deux heures, dit Val.

— C'est vrai, tu dors dehors, dit Carl. Tu es sûr

que tu ne veux pas apporter tes affaires dans la maison? Il y a plein de chambres. Ça devait être un hôtel autrefois.

— Non, le premier propriétaire avait beaucoup d'enfants, dit Val en prenant Agnès dans ses bras. J'emménagerai s'il pleut.

Agnès se laisse aller contre son épaule.

— Je suppose que personne ne veut raconter d'histoires de fantômes, dit Pauline. Justin essaie d'en écrire une.

— Non merci, Pauline, dit Chantal. Je crois que nos fantômes ne se manifesteront plus.

— Espérons-le, dit Justin, qui se met à réciter: «Le feu mourait, ce qui encouragea les vampires à voler plus près.»

— Il n'y a pas de vampires par ici.

— Ils en ont trouvé une grotte pleine en Arizona.

L'image brise l'atmosphère romantique qui enveloppe les trois couples. Val choisit ce moment pour se lever en disant:

— Il vaudrait mieux que je retourne à mon campement.

— Je vais t'accompagner, propose Agnès en le suivant. Si tu es d'accord.

— Bien sûr. On fait la course?

Agnès se lance à sa poursuite. Heureusement, il ne court pas longtemps.

S'arrêtant brusquement, Val met ses mains sur les épaules de la fille et l'attire contre lui.

— Tu es amusante, Agnès. Je t'aime bien.

Il sent la fumée et le grand air.

Sa bouche est chaude, douce, hésitante. On dirait qu'il n'est pas sûr qu'Agnès veut être embrassée. Elle mourrait s'il ne le faisait pas. Elle lui rend son baiser mais, avant qu'il ne devienne plus passionné, Val s'écarte. Elle doit imaginer son regard dans l'obscurité, mais il est probablement interrogateur. Elle n'a pas envie de donner d'explication pour le moment. Il lui suffit de savoir qu'elle lui plaît.

Il la repousse à bout de bras et la tient comme ça un moment, puis il dit:

— Bonne nuit!

— Bonne nuit. À demain!

Elle n'en a pas fait une question, pour qu'il sache qu'elle s'attend à le revoir.

Val enlève le survêtement et le lui rend. Puis il part en courant. Elle reste là, jusqu'à ce qu'elle n'entende plus le bruit de ses pas.

Le feu brûle toujours. La tête de Carl est encore sur les genoux de Chantal. Pauline et Justin se parlent tout bas.

Cola gémit dans son sommeil et agite les pattes. Agnès rit et dit:

— Bonne nuit à tous. À demain.

Elle voulait s'étendre dans son lit pour penser à Val. Mais la baignade à la fin d'une journée mouvementée l'a fatiguée. Elle s'endort immédiatement.

Les aiguilles lumineuses de son réveil de voyage

indiquent deux heures lorsqu'elle se réveille en sursaut.

Une mélodie flotte autour d'elle. Et il y a le son
presque inaudible des voix. Puis quelqu'un se met à
pleurer doucement...

Chapitre 9

Agnès reste immobile, les muscles tendus.

— Chantal? Pauline?

Aucune réponse. Elle les appelle de nouveau, car ses deux amies ont le sommeil profond.

Elle est tout à fait réveillée maintenant. N'obtenant toujours pas de réponse, elle se lève et va allumer. Les lits sont vides. Où sont ses amies? Encore sur la plage?

Le vent s'est levé et se plaint faiblement en agitant les rideaux de la porte-fenêtre qu'Agnès a laissée ouverte. Celle-ci frissonne. N'importe qui aurait pu entrer.

Elle enfile vite le premier survêtement qui lui tombe sous la main. C'est celui que Val a porté. Il a gardé un peu de son odeur, ce qui n'apporte aucun réconfort à Agnès. Elle est seule.

Les pleurs sont remplacés par une discussion. Agnès ne comprend pas ce que disent les voix. Celle de l'enfant supplie.

Agnès descend les marches quatre à quatre en criant:

— Pauline, Chantal! Où êtes-vous?

Elles sont dans la cuisine en train de laver la vaisselle, comme si c'était le jour.

— Est-ce qu'on t'a réveillée? demande Chantal. Désolées. On ne s'endormait pas alors on a décidé de nettoyer.

— Vous n'avez pas entendu?

— Entendu quoi?

— Les fantômes!

Agnès se laisse tomber sur une chaise et éclate en sanglots. Elle a eu trop peur.

— Tu as encore entendu la musique, les pleurs?

— Oui, oui. Ça m'a réveillée. Vous n'étiez pas là…

— On est là, dit Pauline en mettant la main sur l'épaule d'Agnès dans un geste rassurant.

— Montons dans la chambre pour écouter, propose Chantal, moins effrayée qu'avant. On pourra peut-être comprendre ce qu'ils disent.

— D'accord, mais allons chercher les gars d'abord, dit Pauline. On les a exemptés de la corvée de nettoyage, mais ils ne dorment sans doute pas.

Lorsque Chantal fait de la lumière dans la chambre des garçons, il n'y a personne.

— Peut-être qu'ils sont allés promener Cola. Il n'est pas là non plus, dit Chantal.

Elle sort sur le balcon, mais des nuages cachent la lune et il fait totalement noir à l'extérieur. Agnès vient à côté de son amie et appelle doucement:

— Carl! Justin! Où êtes-vous?

— Ils ne sont pas là pour protéger le sexe faible, dit Pauline en ricanant. Allons dans le hall pour mieux entendre.

Elle va chercher les lampes de poche dans leur chambre, tandis que Chantal et Agnès tendent l'oreille.

Les paroles qui leur parviennent sont assourdies.

— Il doit y avoir un autre escalier. Cherchons-le ! propose Agnès.

Elle les guide jusqu'au bout du hall, entre dans une chambre, allume et examine la pièce. Elle s'arrête devant un placard dont la porte s'ouvre en grinçant.

Dans le haut du mur du fond, il y a un registre de chauffage. Et au plafond, il y a une trappe semblable à celles qui donnent sur un grenier.

Les voix, plus claires, flottent vers elles à travers la grille. Les trois amies, serrées l'une contre l'autre, écoutent attentivement.

— Caroline, reviens ! dit l'enfant. S'il te plaît, viens à ta fête !

— Je ne peux pas, répond la voix féminine.

Le petit garçon commence par gémir, puis il sanglote. Ensuite, la douce musique reprend.

— Chantal, trouve une chaise et ouvre la trappe, dit Pauline.

— Pourquoi moi ?

— J'y vais, dit Agnès.

Elle va chercher une petite chaise rembourrée dans la chambre et grimpe dessus, Chantal et

Pauline la tenant de chaque côté. Elle pousse doucement sur la trappe qui résiste. Elle pousse plus fort : la trappe s'ouvre brusquement avec un claquement.

Les voix se taisent.

— Éclaire avec ta lampe de poche, suggère Pauline. Est-ce que ça a l'air d'être un passage vers une chambre, s'il y en a une là-haut ?

— Non, c'est comme un grenier minuscule. Je crois qu'on appelle ça une soupente.

— Pas de porte ou d'autre trappe dans le plafond ?

— Je n'en vois pas.

Agnès se met sur la pointe des pieds, mais la chaise oscille.

— Ne tombe pas. Descends, dit Chantal en lui prenant la main pour l'aider.

— Si les fantômes se comportent comme l'autre fois, ils se tairont maintenant qu'ils nous ont entendues, dit Pauline en rapportant la chaise dans la chambre. Je suis fatiguée. Allons nous coucher.

Alors qu'elles sont de retour dans le hall, Cola bondit à leur rencontre. Il se dresse sur ses pattes arrière et lèche le visage de Chantal.

Justin et Carl suivent le chien.

— Qu'est-ce qui se passe ? demande Carl. On croyait que vous dormiez.

— Où étiez-vous ? demande Chantal. Vous nous avez laissées seules et sans protection.

— Pauvres femmes sans défense, dit Justin en riant. Vous avez encore entendu quelque chose ?

— L'enfant pleurait et il parlait à une fille qu'il

appelait Caroline, explique Agnès.

— Dommage que j'aie manqué ça, dit Carl en serrant Chantal contre lui. Cola voulait sortir et on ne s'endormait pas. On a marché en direction du campement de Val.

— Vous l'avez trouvé? demande Agnès.

— Non, on n'est pas allés loin. J'avais froid, répond Justin. Le vent est violent. Je crois qu'il va bientôt y avoir un orage.

— On veut fouiller toute la maison, demain, annonce Agnès. On va essayer de trouver l'entrée de cette chambre là-haut, s'il y en a une. C'est peut-être un immense grenier.

— Justin et moi, on voulait aller magasiner en ville, demain, dit Carl. Comme ça, s'il y a un orage, on pourra rester à la maison et jouer au *Monopoly*. Sans mourir de faim.

— On serait vraiment peinés que tu aies faim, dit Pauline. Ou que tu sois obligé de manger de la nourriture pour chien. Mais je suis sûre qu'on a apporté assez de victuailles.

Carl a apporté un énorme sac de nourriture pour Cola. Il prend soin de l'estomac de son chien.

— Carl a raison, dit Chantal. Achetons des provisions et de l'huile pour les lampes. Je me suis aperçue qu'on a oublié d'en apporter. S'il y a un orage, l'électricité sera coupée. Je détesterais rester ici sans lumière.

— Alors allons magasiner, dit Pauline. À notre retour, on fouillera la maison.

Agnès doit céder. Mais l'idée d'aller en ville, de quitter cette maison pour un jour, est séduisante.

— O.K. Allons nous coucher, dit-elle. Sinon, on ne s'éveillera pas avant midi.

Au milieu de l'escalier, elle a soudain une idée.

— Je reviens dans une minute, dit-elle. Je dois vérifier quelque chose.

Elle ouvre la porte d'entrée et promène le faisceau lumineux de sa lampe de poche sur le parterre. Ça ne lui prend qu'une seconde pour découvrir ce qu'elle cherche. Le camion d'Edgar Mineau est encore stationné près de la maison.

Il est ici, quelque part dans la vieille maison. Peut-être dans le grenier, se faisant passer pour un enfant.

Chapitre 10

Agnès est tellement fatiguée qu'elle s'endort tout de suite. Lorsqu'elle se réveille, au milieu de la matinée, elle est contente de voir des rayons de soleil éclairer leur chambre.

— Hé! dit-elle en se levant. Quittons cette maison pour un jour! Vous êtes d'accord?

Pauline et Chantal s'éveillent en grognant. Personne n'a eu assez de sommeil, mais ils ne sont pas venus à Baie-des-Loups pour dormir.

— Je suis née pour magasiner. Allons-y! dit Pauline.

Elles prennent une douche rapide, boivent une tasse de café et décident de déjeuner en ville. Mais Carl grignote une barre de céréales tout en faisant l'inventaire des provisions qu'il leur reste.

— Et Val? demande Agnès. Est-ce qu'on essaie de le trouver? Il aimerait peut-être venir avec nous.

— Tu aimerais qu'il vienne avec nous, dit Pauline.

Agnès sourit. Puis son sourire s'élargit lorsque Val entre.

— Est-ce que j'ai entendu prononcer mon nom?

— Oui, Val, dit Agnès en le serrant dans ses bras, sans se préoccuper de ce que lui ou les autres pourraient penser. On se prépare à passer la journée en ville. On aimerait que tu viennes avec nous.

Val regarde par terre, puis s'accroupit pour caresser Cola qui se frotte contre lui.

— Vous emmenez Cola?

— Bien sûr. Où je vais, il va, répond Carl.

— C'est lui qui apportera les bagues le jour des noces de Carl et de Chantal, blague Pauline.

— Il vaudrait mieux que je reste ici. Je veux pêcher ce matin, dit Val.

Il s'adresse à Agnès. Elle ne sait pas lire son regard. Veut-il qu'elle le supplie de les accompagner ou veut-il vraiment ne pas aller en ville?

— Tu pourrais aller à la pêche demain, dit Pauline. J'aime le poisson frais. On a besoin de notre dose de pizza ce soir.

— Bien, je mangerai ceux que j'attraperai aujourd'hui et j'en prendrai d'autres demain. Je suis un bon pêcheur, dit Val avant de les quitter.

— Je pense qu'il n'a pas beaucoup d'argent, dit Agnès. Est-ce que vous êtes tous d'accord pour faire du troc? On lui paie son dîner ce soir et il nous apportera du poisson demain.

Elle songe au moyen d'amener Val à accepter l'échange.

— Je suis d'accord, dit Carl. Louer cette maison ne nous a pas coûté cher; j'ai plus d'argent que prévu.

Il siffle et Cola saute dans la jeep.

Agnès court pour rattraper Val.

— Val, attends ! crie-t-elle.

L'ayant rejoint, elle lui dit :

— Écoute, je ne veux pas t'embarrasser, mais si tu ne viens pas parce que tu n'as pas beaucoup d'argent, on t'offre le dîner. Et tu nous rembourseras avec du poisson.

Val rougit légèrement et évite le regard d'Agnès.

— Je suis un peu à court d'argent, c'est vrai, dit-il. Mais je préfère vraiment aller pêcher. Agnès, toi et tes amis, vous vous connaissez tellement et… moi…

— On t'aime bien, Val.

Elle lui laisse le temps d'y penser, puis elle lui dit :

— Je pourrais rester et aller pêcher avec toi, si tu veux. Je m'invite, mais…

Elle est déchirée. Elle voudrait aller en ville avec ses amis, mais elle aimerait être avec Val. Ce qu'elle voudrait vraiment, c'est qu'il les accompagne.

— Je voudrais que tu viennes avec nous.

Aussi bien être sincère.

— Merci, Agnès. Mais j'ai besoin d'être seul aujourd'hui. Je vais rester ici. Je reviendrai demain à la même heure et tu pourras venir pêcher avec moi. Si ça ne te fait rien de naviguer dans un bateau qui fait eau. Il y en a un dans le hangar. Je crois qu'il flottera avec un peu d'encouragement.

— Tu vas pêcher dans un bateau qui fait eau ?

Voilà un autre sujet d'inquiétude pour Agnès.

— Il n'est pas si percé que ça. Et je réussirai peut-être à le réparer, tout dépend de ce que je trouverai sur les étagères du hangar.

— Tu as demandé à monsieur Mineau si tu peux prendre le bateau?

— Bien sûr. Il s'en fiche.

Edgar Mineau s'en fiche probablement. De toute façon, il n'est pas là ce matin; Agnès a vérifié.

Elle étreint Val de nouveau et, cette fois, il répond à son étreinte.

— Sois prudent, lui dit-elle.

— Je le serai, réplique-t-il en lui dédiant ce lent sourire qui la fait tressaillir de plaisir. Mange ma part de pizza. Sans anchois.

Il se détourne et s'éloigne en courant.

Agnès le regarde un moment, puis hausse les épaules et rejoint ses amis qui l'attendent dans la jeep.

— Pas de chance? demande Pauline en mettant son bras autour d'Agnès pour la réconforter.

— Non. Il veut être seul. Je lui ai même demandé s'il voulait que j'aille pêcher avec lui.

— C'est vraiment ce que tu voulais faire? demande Chantal en adressant un sourire à Agnès.

— Non, je veux aller en ville, mais je voulais qu'il vienne avec nous.

Elle hausse les épaules de nouveau et regarde par la vitre en espérant que ses amis n'ont pas remarqué qu'elle a les larmes aux yeux.

— Il y a des gens comme ça qui aiment être seuls, dit Pauline en la serrant dans ses bras. C'est un mystérieux garçon romantique.

Ils passent la journée à manger et à flâner dans les boutiques. Agnès s'achète une chope décorée de poissons tropicaux et une autre pour Val. Ce n'est pas un cadeau personnel, mais peut-être qu'il l'aimera. En tout cas, il saura qu'elle a pensé à lui pendant cette journée. Parce qu'elle le fait. Il lui manque. Elle espère qu'il s'ennuie d'elle.

Sur le chemin du retour, ils s'arrêtent à la petite épicerie de Magella Adam.

— Comment ça se passe dans la maison hantée ? leur demande-t-elle.

Les trois filles se regardent. Devraient-elles lui dire que l'endroit est vraiment hanté ?

— Tout va bien, répond Chantal. Sauf que monsieur Mineau est toujours là.

— Edgar est inoffensif, dit madame Adam en emballant leurs marchandises. Il a l'air un peu étrange et je suppose qu'on vous a dit qu'il est un ancien prisonnier. Mais il est revenu par ici et s'est refait une vie honnête. En réalité, je crois qu'il se sent seul.

Agnès voit que ses amies sont aussi bouleversées qu'elle. Edgar Mineau a fait de la prison ?

— Pourquoi est-il allé en prison ? demande-t-elle.

— C'était un accident. Il s'est battu dans un bar. Il s'en est tiré avec une condamnation pour homicide involontaire et une peine légère. Il était jeune et n'a plus jamais rien fait de mal depuis.

En leur remettant la facture, Magella Adam marmonne quelque chose à propos de la justice.

De retour à la jeep, Agnès dit sarcastiquement:

— Là, je me sens rassurée. C'était par accident qu'Edgar Mineau a tué quelqu'un. On n'a pas un vrai meurtrier dans les parages.

— Elle a dit qu'il est inoffensif, lui rappelle Justin.

— C'est son opinion. Pour elle, c'est un meurtrier inoffensif. La prochaine fois qu'il vient rôder à la maison, je lui demanderai de s'en aller et de nous laisser tranquilles le reste de la semaine. Est-ce que vous m'appuierez?

— Bien sûr. Il peut prendre quelques jours de congé, dit Chantal. Il n'a fait aucune rénovation qui soit visible de toute façon.

— J'aimerais pouvoir fermer la porte de la chambre à clé pour la nuit, dit Pauline. Mais bien sûr, il aurait la clé.

Malgré la découverte au sujet du propriétaire, la fatigue et la chaleur dans la jeep ont raison d'Agnès qui s'endort. Mais lorsqu'un cahot secoue la voiture, elle ouvre les yeux et devient immédiatement alerte. En même temps que les autres, elle s'exclame:

— Regardez!

Toutes les lumières de la maison sont allumées.

— Edgar est là. Son camion est devant la maison, les deux portières ouvertes.

— Je ne le vois pas. Qu'est-ce qui se passe?

Chapitre 11

La porte d'entrée de la maison est grande ouverte. Justin et Carl entrent en premier. Les cinq amis fouillent le rez-de-chaussée.

La musique leur parvient de l'étage.

— Essayons de trouver le passage qui mène à la chambre sous le toit, suggère Agnès.

— Cherchons d'abord dans les logements des domestiques, dit Justin. Procédons avec logique.

— Il n'y a rien de logique à propos de fantômes, dit Pauline en lui prenant le bras. Mais c'est une bonne idée.

Rien ne semble déplacé dans la cuisine, sauf que la porte qui donne sur les logements des domestiques est ouverte. Agnès entraîne ses amis à travers l'ouverture et dans l'escalier étroit.

Toutes les lumières sont allumées dans le hall et dans les petites chambres, mais il n'y a personne. La musique est plus forte.

Alors qu'ils reviennent vers la cuisine, Agnès dit:

— Regardez! On n'avait jamais vu cet escalier

qui descend. Il doit y avoir une cave.

Avant que ses amis aient pu dire : « Ne va pas là ! », Agnès emprunte l'escalier. Une odeur de moisi l'enveloppe et il fait très frais.

Des ampoules nues éclairent la cave qui semble servir de débarras. Le long d'un mur, des étagères contiennent des vieux pots de peinture, des outils, de l'engrais et du poison à rats. Un vieux matelas est appuyé dans un coin, son rembourrage éparpillé alentour.

— Est-ce qu'on éteint avant de remonter ? demande Chantal.

— Il le faudrait, répond Justin en éteignant l'ampoule qui est près de lui.

Lorsque Agnès éteint la dernière lumière, il ne reste que la lueur provenant du haut des escaliers. Ils se précipitent tous dans cette direction.

En haut, Agnès dit :

— Allons explorer le deuxième étage. Et cette fois, il faut trouver le passage secret.

D'abord, ils vont dans la chambre des garçons. La lumière est allumée, mais il ne manque rien.

Agnès entre la première dans la chambre des filles. Elle a le souffle coupé de surprise.

— C'est… C'est…

— Edgar Mineau ! dit Justin.

Il s'agenouille près du vieil homme étendu devant la porte-fenêtre et prend son pouls.

— Il est vivant, annonce-t-il.

Agnès n'a jamais vu son frère aussi ébranlé.

Justin examine le sang séché sur la tête d'Edgar Mineau.

Les autres le regardent faire. Edgar grogne. Il reprend vie ; et lentement, il s'assoit et se tient la tête à deux mains.

— Qu'est-ce qui vous est arrivé, monsieur Mineau ? demande Justin. Qui vous a frappé ?

— Et pourquoi est-ce que toutes les lumières sont allumées ? demande Agnès.

— Qu'est-ce que vous faites dans notre chambre ? demande aussi Chantal.

Cola gémit et Carl le retient avant qu'il n'aille manifester sa sympathie à l'homme qui reste assis par terre en clignant les yeux et en essayant de se souvenir.

— J'ai… J'ai entendu de la musique, dit lentement Edgar. Je savais qu'aucun de vous n'était à la maison. Je suis entré et j'ai fait un tour d'inspection. J'ai allumé les lumières pendant mes recherches. Quand je me suis tourné pour m'en aller, bang ! mes lumières se sont éteintes.

Il touche la blessure à sa tête et grogne de nouveau.

Le regard d'Agnès fait le tour de la pièce. Tout est sens dessus dessous. Leurs vêtements sont éparpillés sur les lits et sur le plancher.

— C'est vous qui avez mis du désordre, monsieur Mineau ? demande-t-elle d'une voix coléreuse. Pourquoi avez-vous fouillé dans nos affaires ?

— Ce n'est pas moi qui ai fait ça. Sincèrement,

ce n'est pas moi. Je ne me souviens pas que la chambre était dans cet état quand j'y suis entré.

Le vieil homme essaie de se relever. Justin et Carl se précipitent pour l'aider.

Edgar regarde le registre au plafond qui laisse passer la musique et dit:

— Magella avait raison.

— Est-ce que vous savez comment aller là-haut? demande Justin.

— Non. J'ai décidé de réparer d'abord l'extérieur de la maison. Je ne suis jamais allé là-haut et je n'ai pas l'intention d'y aller. Il faudrait me payer pour vivre ici. La maison est hantée. Je m'en vais. Vous devriez partir aussi. Je vais vous rembourser.

Se tenant la tête, Edgar se dirige vers la porte.

Dès qu'il est sorti, la musique cesse. Tout est silencieux, mortellement silencieux. Il n'y a pas un craquement, pas un soupir.

Pauline brise le silence:

— S'il s'en va et promet de ne pas revenir, ça ne me fait rien de rester. C'est seulement une petite musique de nuit.

— Je suis d'accord avec toi, dit Agnès. Je veux bien rester ici, mais je ne veux pas avoir peur. Trouvons nos fantômes ce soir.

— Ça dépend de ce qu'on va trouver, dit Carl. Est-ce que les fantômes écoutent la radio? Non, ils appartiennent au passé. La chanson qu'on a entendue tout à l'heure est sur la liste des grands succès de la semaine.

Le raisonnement d'Agnès calme ses propres peurs. Si ses amis l'accompagnent, elle veut bien chercher toute la nuit.

— Vous êtes tous d'accord? demande-t-elle. Je ne veux pas chercher toute seule.

Ils hochent la tête tous en même temps.

— Alors, allons-y… chasseurs de fantômes!

Agnès guide ses compagnons jusqu'au placard au plafond percé d'une trappe.

Chapitre 12

Justin apporte la chaise dans le placard et grimpe dessus pour rabattre la trappe, bien que les filles lui aient dit qu'il n'y a pas d'ouverture par là. Il se soulève même pour explorer la soupente.

Pendant ce temps, Agnès cogne sur le mur au fond du placard.

— Écoutez, ça sonne creux, dit-elle.

Suivant son intuition, comme si elle faisait ça tous les jours, elle passe ses doigts sur le mur à la recherche de légères aspérités.

— Ici ! s'exclame-t-elle. On dirait qu'il y a une porte derrière le papier peint.

Elle pousse ses ongles dans une fente jusqu'à ce que le papier se déchire. La poussière qui se dégage la fait éternuer.

— Chut ! fait Carl.

— S'ils sont là-haut, ils nous ont déjà entendus, dit Agnès.

Justin glisse ses doigts près de ceux de sa sœur au haut du mur.

— Est-ce qu'on a une assurance dommages ? demande nerveusement Chantal. Est-ce que vous allez défoncer le mur ?

Ils se mettent tous à déchirer le papier, soulevant un fin nuage de poussière. Au bout de quelques minutes, une porte est dégagée.

Elle n'a pas de poignée. Agnès pousse de toutes ses forces et la porte s'ouvre en grinçant.

Ils éclairent l'espace découvert avec le faisceau de leur lampe de poche avant qu'Agnès entre.

— Il y a un petit escalier, dit-elle en commençant à grimper.

Les marches craquent sous ses pas, comme si elles n'avaient pas été utilisées depuis des années. Au haut de l'escalier, une porte s'ouvre facilement, sans bruit.

— J'entre, chuchote Agnès, après s'être assurée que ses quatre amis l'ont suivie.

Le puissant faisceau de sa lampe de poche se reflète dans de grandes fenêtres, l'aveuglant momentanément. Elle avance dans cette direction en promenant le rayon lumineux devant elle.

— Je vois l'interrupteur, dit-elle. Je vais essayer d'allumer.

Elle traverse la pièce sur la pointe des pieds. Lorsqu'elle passe devant les fenêtres, un rideau se soulève et touche son visage. Elle pousse un petit cri.

— Qu'est-ce qu'il y a ? demande Chantal.

— Rien. Un rideau. Je ne pensais pas que les fenêtres étaient ouvertes, répond-elle.

Elle continue sa route jusqu'à l'interrupteur et presse celui-ci. Un plafonnier en forme de chandelier répand une faible lumière dans la pièce.

— La pièce a été décorée, murmure Pauline.

— Il y a longtemps, ajoute Justin. Ce sont les décorations de la dernière fête qui a eu lieu ici.

Des banderoles de papier crépon aux couleurs fanées drapent le haut des murs. D'autres relient le plafonnier aux coins de la pièce.

Plusieurs chaises attendent les invités. Le plancher est ciré et poli pour que les danseurs puissent valser.

— C'est triste, hein? dit Agnès, après que son regard ait fait le tour de la pièce.

Elle frissonne en se rappelant les voix.

— Ils ont organisé une dernière fête dans la vieille maison, puis ils sont partis, ajoute-t-elle. Ils n'ont même pas pris la peine d'ôter les décorations.

Carl n'a pas empêché Cola de les suivre. Le chien court d'un coin de la pièce à l'autre, d'une chaise à l'autre, ses griffes cliquetant sur le plancher de bois. Soudain, il s'arrête, retourne à un endroit qu'il vient de dépasser. Il le renifle de nouveau puis gémit.

— Cola, qu'est-ce qu'il y a? demande Carl en s'approchant de son chien. Regardez, c'est un lecteur de disques compacts portatif.

— C'est mon portatif, dit Chantal. Quelqu'un l'a pris dans ma chambre et l'a apporté ici.

— Cet appareil a aussi un réveil, hein? demande

Carl. Tu peux le programmer pour qu'il te réveille en allumant la radio. Je parie qu'Edgar Mineau l'a réglé pour qu'il se mette en marche au moment où on est rentrés.

— Puis il est descendu et il s'est assommé lui-même ? ironise Justin.

— Quelqu'un a apporté l'appareil ici, dit Chantal. Qui d'autre… Val était ici. Il n'est pas venu à la ville avec nous.

— Tu crois que Val a volé ta radio, l'a apportée ici et l'a allumée, puis est allé assommer Edgar ? demande Agnès. Ouais, très logique. Pourquoi est-ce qu'il ferait ça ?

— Il nous a entendus parler de nos fantômes, dit Justin. Peut-être qu'il voulait nous faire une bonne blague, mais Mineau l'a surpris parce que d'habitude il n'entre jamais dans la maison.

— Val n'assommerait pas Edgar pour une blague, dit Agnès.

— Ce sont peut-être deux événements séparés, dit Justin. Val s'ennuyait, alors il décide de nous faire une blague. Il allume la radio et s'en va. Mineau entre dans la maison et surprend un voleur qui l'assomme.

— Un voleur ? demande Pauline en riant sans enthousiasme. Pourquoi pas Magella Adam ou un client de son épicerie qui nous a vus en ville et qui a voulu prendre nos objets de valeur ?

— Peut-être que Magella et Edgar sont complices, dit Justin, en pleine création dramatique. Elle propose cette maison aux visiteurs désespérés de ne pas trouver d'endroit où loger. Puis Mineau et elle les dévalisent.

— Je crois qu'on essaie de trouver un sens à quelque chose d'incompréhensible, dit Chantal. Sortons de cette pièce. Elle me donne la chair de poule.

— C'est la salle de bal fantomatique, dit Pauline d'une voix sépulcrale.

— C'était une belle salle des fêtes, affirme Agnès.

Cola gémit de nouveau. Il s'est glissé derrière un vaisselier en bois sombre ; on ne voit plus que sa queue qui frétille frénétiquement.

— Très bien, Cola ! dit Carl en s'approchant de son chien. Il a trouvé une autre porte.

— Celui qui a amené le portatif ici ne pouvait pas avoir pris le même chemin que nous, dit Justin.

La porte découverte par Cola s'ouvre dans le corridor du deuxième étage, mais pour y accéder, ils doivent d'abord repousser un autre meuble bloquant la sortie.

— Je me rends compte que je suis épuisée, dit Chantal en s'appuyant au mur. On a certainement fait fuir celui qui est passé par ici. Allons nous coucher.

— Alors, on reste ici cette nuit ? demande Pauline.

— Où est-ce qu'on irait ? demande Chantal en les ramenant vers la cuisine.

— Je vais nous faire du chocolat chaud, propose Agnès. On est cinq ; c'est pas comme si on était tout seul. Si ça nous énerve trop de passer le reste de la semaine ici, on pourrait partir demain.

— Bien pensé, dit Justin. Moi, je n'ai pas peur. Et vous ?

Ils échangent des regards et aucun ne veut admettre qu'il ou elle a peur de passer une nuit de plus dans la vieille maison.

Après avoir bu quelques gorgées de chocolat chaud, Justin réfléchit tout haut :

— Pourquoi est-ce que Mineau n'est pas allé en ville chercher la police ? Il devrait déclarer qu'il a été attaqué.

— Pas s'il a fait semblant, dit Carl en caressant son chien. Pas s'il avait l'intention de fouiller dans nos affaires. On est rentrés plus tôt qu'il le pensait et on l'a surpris.

— Mais il avait une bosse sur la tête, proteste Chantal. Il n'a pas pu s'assommer lui-même pour avoir un alibi.

Agnès est fatiguée d'essayer de comprendre les derniers événements. Elle pense à Val. Elle s'attendait à le voir à leur retour de la ville, des poissons à la main, leur demandant de les garder au réfrigérateur jusqu'au lendemain.

Elle est déçue qu'il n'ait pas été là. Elle a été distraite par leurs recherches, mais maintenant elle ne veut penser qu'à lui.

Ses amis dormiront tard. Elle décide de se lever tôt le lendemain pour chercher le campement de Val. Il n'appréciera peut-être pas qu'elle envahisse son intimité, mais elle ne peut plus attendre qu'il vienne à elle. Elle souffre de la solitude et il en est la cause. Elle est prête à ravaler sa fierté et à lui dire : « Tu m'as manqué. Je devais te trouver. Il fallait que je te revoie. »

Elle se couche en imaginant qu'elle trouve Val et le serre contre elle jusqu'à ce qu'il avoue qu'elle lui a manqué aussi.

Chapitre 13

Au réveil, Agnès est agréablement surprise de se sentir bien reposée après seulement quelques heures de sommeil. D'avoir découvert la salle des fêtes et de n'y avoir trouvé personne a dissipé un peu de la peur provoquée par les voix et la musique mystérieuses.

Ce qui est le plus terrifiant, c'est l'inconnu. La salle poussiéreuse évoque seulement la tristesse, parce qu'elle suggère que la famille vivant dans cette maison a organisé une dernière fête avant de s'en aller. La fête n'est plus qu'un souvenir. Agnès en est triste; elle souffre aussi d'être seule.

Elle ne se rappelle pas avoir jamais rien ressenti de semblable. Pourquoi cette émotion est-elle aussi intense cette fois?

Elle connaît la réponse à cette question. Elle l'admet tandis qu'elle prépare le café.

Elle a l'habitude de voir Chantal et Carl ensemble. Et il y avait Pauline. Mais celle-ci forme un couple avec Justin, maintenant. Puis elle a rencontré

Val. L'amour s'est déclaré si vite. C'est la première fois qu'Agnès est attirée aussi fort par un garçon. Pourquoi est-ce qu'il l'émeut tant? Parce qu'il est seul, lui aussi? Parce qu'il se retire facilement en lui-même, dans un endroit qui est si intense qu'elle peut presque sentir sa solitude?

Il faut qu'elle le trouve!

Elle laisse un petit mot pour ses amis: *Je suis partie à la recherche de Val.* Elle sort avant que les autres se réveillent.

Dehors, il n'y a aucun signe de présence humaine. Les oiseaux pratiquent leur rituel matinal de recherche de nourriture sur la plage et dans les airs.

Agnès leur sourit et se met en route vers le soleil levant. À l'ouest, d'énormes nuages gris s'amoncellent, annonçant la pluie promise pour la fin de la semaine.

Agnès marche longtemps dans la même direction sans rencontrer âme qui vive. Elle s'arrête pour regarder la baie, saisie de nouveau par un pénible sentiment de solitude. Décidant qu'un peu d'exercice pourrait lui changer les idées, elle enlève son survêtement et entre dans l'eau.

Elle nage aussi loin que la première fois puis se laisse flotter, sachant que le courant l'emporte dans la bonne direction. C'est ainsi qu'elle a rencontré Val. Si elle ne peut pas le trouver, elle devra attendre que lui la trouve.

Mais lorsque le soleil est à mi-chemin dans le ciel, elle sait qu'elle doit rentrer. Elle ne veut pas inquiéter ses amis. Elle-même cherche à refouler l'inquiétude qui la ronge depuis la veille.

Val est-il sorti dans le bateau qui fait eau, comme il l'avait projeté? Est-il rentré? Combien de temps devra-t-elle attendre avant de le savoir? Impatiente et déçue, elle revient vers la maison.

À son arrivée, tous ses amis sont sur la plage.

— Justin! Agnès est revenue! crie Pauline.

Il apparaît sur le perron, portant un plateau. Agnès se rend compte qu'elle meurt de faim. Elle se laisse tomber sur la serviette de Pauline et prend une rôtie sur le plateau que son frère vient de déposer à côté d'elle.

— Où étais-tu? lui demande-t-il. Je commençais à m'inquiéter.

— J'ai laissé un mot pour vous dire que je partais à la recherche de Val.

— Pendant tout ce temps? Tu l'as trouvé? demande Justin qui devrait avoir deviné la réponse.

— Non, et je suis inquiète. Il a dit qu'il allait pêcher dans un vieux bateau percé, hier.

— Tu as vérifié si le bateau est dans le hangar?

— Je vais le faire tout de suite, dit-elle en se levant.

Elle aurait dû regarder là d'abord. Val n'a peut-être pas sorti le bateau.

Justin et Pauline la suivent jusqu'au petit abri. Agnès ouvre la porte grinçante et jette un coup d'œil à l'intérieur.

— Pas de bateau, constate-t-elle avec dépit. Val l'a pris.

— Il peut être rentré et avoir tiré le bateau sur le rivage, près de son campement, suggère Pauline en entrant dans le hangar.

— J'ai marché longtemps au bord de la baie et je n'ai rien vu, dit Agnès en la suivant à l'intérieur.

— Les anciens propriétaires ont laissé plein de choses, dit Justin en examinant le contenu des étagères. C'est étrange !

— Ils ont peut-être déménagé en ville, dit Pauline. Ou ils ont tout vendu à Edgar.

L'intérieur du hangar est un vrai fouillis. Cependant, sur une étagère, des coquillages et des crânes d'oiseaux sont soigneusement disposés en ordre. Pourquoi cette collection a-t-elle été abandonnée ?

De nouveau, comme ça lui est arrivé dans la salle des fêtes, Agnès a l'impression de partager le souvenir de quelqu'un.

Alors que l'orage s'approche lentement, les amis profitent de la journée ensoleillée. Le mauvais temps pourrait durer plusieurs jours.

À midi, Agnès prépare des sandwiches au thon et les apporte sur la plage. Chantal l'accompagne, chargée d'un pot de thé glacé.

— Encore inquiète pour Val ? demande celle-ci.

— Bien sûr. Peut-être qu'il ne reviendra plus, peut-être même qu'il est déjà rentré à Hourville.

— Peut-être pas, Ô fille de peu de foi ! dit Chantal en l'étreignant avant d'aller s'asseoir près de Carl et Cola.

Vers quinze heures, alors qu'Agnès est légèrement assoupie, la voix de Val se fait entendre. Agnès croit d'abord rêver, puis elle se redresse. Val est en train de tirer le bateau sur la terre ferme. Le corps d'Agnès est traversé en entier par une onde de soulagement et elle comprend alors à quel point elle était inquiète.

— Tu pêches depuis hier ? lui demande-t-elle.

— Bien sûr que non. J'ai mangé le poisson que j'avais pris hier, alors je suis retourné en attraper d'autres. Je vous en avais promis pour le souper, pas vrai ?

Il lui montre un petit tas de poissons de bonne taille.

Val agit comme si son absence de trente-six heures était normale. Il ne donne aucune explication, aucune excuse et, bien entendu, il ne leur en doit pas. Mais la plupart des gens diraient où ils sont allés. Il est évident qu'il est resté au soleil. Son teint est bronzé et ses épaules ont rougi, mais il a ce genre de peau qui brunit facilement.

Le soulagement d'Agnès se transforme en colère, mais elle réprime celle-ci. Se fâcher ne servira qu'à gâcher aussi la soirée.

— Je vais chercher du bois pour le feu, dit-elle en bondissant sur ses pieds.

— J'ai besoin d'aide pour nettoyer le poisson, dit Val en lui souriant.

— Je vais avec Agnès trouver des brindilles, dit Pauline.

— Moi aussi, dit Chantal.

Les trois garçons éclatent de rire. Cola aboie après les poissons.

L'humeur d'Agnès s'est instantanément mise au beau fixe. La soirée va effacer toutes ses inquiétudes inutiles au sujet de Val.

Chapitre 14

— Courez! crie Agnès en saisissant son assiette pleine de poisson, de salade de chou et de pain à l'ail.

Personne ne proteste ni ne conteste son ordre, car de grosses gouttes de pluie font grésiller leur feu de camp. Les énormes nuages de pluie qui se sont amassés tout l'après-midi sont devenus noirs durant la dernière heure. Des éclairs ont servi de feu d'artifice.

Cola, terrifié par le tonnerre, a disparu depuis longtemps pour se réfugier sous le lit de Carl. Mais les amis sont restés dehors en attendant que le poisson soit cuit à point. Ils ont dû abandonner leurs pommes de terre sous la cendre.

Il y a une sensation de réconfort à se rassembler autour de la table de cuisine et à remplir leurs estomacs affamés, tandis que le vent et la pluie font rage.

— Vous pensez que les vitres pourraient se casser? s'inquiète Chantal.

— Ça n'est certainement pas le premier orage

qu'elles subissent, la rassure Carl. C'est le meilleur poisson que j'aie jamais mangé, dit-il en enlevant une longue arête. Val, merci !

Les yeux sur son assiette, Val marmonne quelques mots en retour. Il paraît terriblement affamé.

— Est-ce que c'est ton premier repas de la journée ? lui demande Agnès.

— Je pense, répond-il.

Il lève les yeux assez longtemps pour que son regard rencontre celui d'Agnès, puis il recommence à manger.

— Tu penses ? s'étonne Carl. Certaines personnes prennent soin de leur estomac, d'autres pas.

— Val, qu'est-ce que tu as fait, hier, toute la journée ? demande Pauline.

Agnès est contente que Pauline pose la question à sa place.

— J'ai pêché, j'ai écopé l'eau du bateau, j'ai flâné. Je perds facilement la notion du temps, répond Val, sans paraître offusqué par la curiosité de Pauline.

Bien sûr, il a évité d'y répondre en détail. Qui pourrait passer deux jours à flâner ?

— Moi, je perds la notion du temps quand j'écris, dit Justin.

— Tu as écrit combien de pages depuis deux jours ? demande Agnès en faisant un clin d'œil à Pauline qui lui répond par un sourire.

Elle a rarement vu son frère rougir et, qu'il le fasse en ce moment, lui fait l'aimer encore plus. Elle apprécie sa compagnie. Qui l'eût cru ?

Un coup de tonnerre retentissant secoue la vieille maison. Carl se lève en disant :

— Je vais aller rassurer Cola. Il a probablement eu une crise cardiaque.

Pauline et Chantal vident les assiettes et les empilent près de l'évier.

— Pauline et moi, on va faire la vaisselle, dit Chantal. Val, toi, tu as attrapé le poisson. Pourquoi est-ce que tu ne vas pas avec Agnès dans un coin confortable pour regarder l'orage ? La pluie ne semble pas vouloir cesser de sitôt.

« Dieu te bénisse, Chantal » pense Agnès. Avant que Val puisse protester, elle se lève et se dirige vers le salon.

— Si on faisait du feu dans la cheminée ? propose-t-elle, sachant que Val est probablement gêné. Je ne pensais jamais que j'aurais froid à ce temps-ci de l'année, mais l'orage a fait baisser la température.

Sans dire un mot, Val froisse du papier et l'entasse avec des brindilles dans la vieille cheminée. Il est encore plus silencieux que d'habitude.

Le feu se met à crépiter et ils y ajoutent de grosses branches.

— Je t'ai cherché ce matin, avoue Agnès.

— Je... Parfois, je perds la notion du temps.

— Tu l'as déjà dit.

— Je... Je suis désolé si tu as été déçue.

Il regarde fixement les flammes.

Agnès met sa main sur le bras du garçon et dit :

— Je ne m'attendais pas à ce que tu restes assis

sans rien faire jusqu'à ce que je revienne de la ville, tu sais.

Il lui sourit, puis se remet à regarder le feu.

— Est-ce que quelque chose t'ennuie, Val?

— Je ne crois pas. Est-ce que j'ai l'air ennuyé?

Agnès est contente que ses amis entrent dans la pièce avant qu'elle ait trouvé une réponse. Elle ne connaît pas Val depuis assez longtemps pour savoir distinguer s'il est ennuyé ou seulement tranquille et pensif.

— Qui est d'accord pour jouer à *Fais-moi un dessin*? demande Pauline en plaçant des crayons et des feuilles de papier sur la table basse.

— Je veux bien jouer, si je ne t'ai pas pour partenaire, dit Chantal en tapotant le plancher à côté d'elle pour que Carl s'y assoie.

Il vient de redescendre et elle lui demande:

— Comment va Cola?

— Il est malheureux. Mais il ne veut pas sortir d'en dessous du lit, alors il va devoir souffrir tout seul.

— Un maître compatissant resterait avec lui, dit Pauline en faisant signe à Agnès et à Val de les rejoindre autour de la table basse.

— C'est lui qui est supposé être mon meilleur ami, et non pas moi le sien. Et puis il y a trop de poussière sous les lits.

— Je… Je ne sais pas jouer à ce jeu, dit Val en restant debout.

Agnès le prend par la main et l'amène avec elle de l'autre côté de la table en disant en blague:

— Bien, c'est un jeu incroyablement difficile à apprendre, mais je te choisis pour partenaire et je vais t'aider.

— D'abord, est-ce que tu sais dessiner des bâtonnets ? demande Pauline en gardant son sérieux.

— Des bâtonnets ?

L'air confus sur le visage de Val provoque les rires, et Agnès le sent se raidir à son côté.

— Val, on fait des blagues, dit-elle vivement pour l'apaiser. Un enfant de six ans saurait y jouer.

Dehors, la tempête s'intensifie encore. Mais, bien au chaud et en sécurité, les amis s'amusent ferme. Ils rient tellement qu'aucun d'entre eux ne se préoccupe de gagner.

— J'abandonne, dit Carl après avoir pigé le mot *bizarre*. C'est moi qui ai eu les mots les plus difficiles toute la soirée. Je vais retrouver Cola.

Pauline range les feuilles en disant :

— Val, ce soir, on insiste : tu dois passer la nuit ici. Il y a une chambre libre dans l'aile du dortoir réservée aux garçons.

— Tu as raison, dit Val. Ça ne me tente pas particulièrement de dormir dehors cette nuit.

Il va regarder par la fenêtre. Agnès décide de le laisser seul. Il n'a sans doute pas beaucoup d'expérience avec les filles.

Dans leur chambre, Pauline exprime sa sympathie :

— C'est peut-être le plus beau gars que j'aie jamais vu, mais c'est aussi le moins bavard.

Un énorme coup de tonnerre arrête la conversation. L'éclair qui suit est fulgurant et cause une panne d'électricité.

— Tant pis, on s'inquiétera de ça demain, dit Agnès.

Elle se recroqueville le plus possible dans son sac de couchage.

— Si on collait les lits l'un contre l'autre, propose Chantal après un moment de silence.

Agnès bondit hors de son lit et le pousse tout contre celui de Chantal, tandis que, de l'autre côté, Pauline fait de même.

— Vous vous rappelez : quand on était petites, on courait se cacher dans le lit de nos parents pendant les orages ? demande doucement Chantal.

— Pas moi, répond Pauline.

Mais Agnès se souvient. Elle tend le bras et prend la main de Chantal dans la sienne. Son amie répond en la lui serrant doucement et elle se sent aussitôt beaucoup mieux.

Agnès n'a aucune idée de l'heure lorsqu'elle est réveillée par les pleurs. Sa main est vide.

— Chantal ? chuchote-t-elle.

Elle tâte le lit à côté du sien. Chantal n'y est pas.

— Pauline ! Chantal n'est pas là !

Pauline promène le faisceau lumineux de sa lampe de poche sur le lit vide de leur amie.

Au même moment, Chantal entre en coup de vent dans la chambre et se jette sur son lit en disant :

— Vous avez entendu ? J'étais aux toilettes. Le

bruit des sanglots est encore plus fort là-dedans.

Adossées à leur oreiller, elles se collent l'une contre l'autre.

Après avoir sangloté quelques minutes, l'enfant commence à discuter. L'autre voix lui réplique de temps en temps.

— J'aimerais bien comprendre ce qu'ils se disent, murmure Agnès.

— J'aimerais qu'ils se taisent, dit Pauline.

La discussion entre les deux fantômes est suivie d'un long silence, ensuite la musique irréelle flotte dans la chambre des filles.

— Cette fois, j'en ai assez, dit Chantal. Si vous êtes d'accord, on repartira demain. Allons-nous-en avant qu'il se passe quelque chose de pire qu'entendre des sanglots et de la musique.

— Je vote pour, chuchote Pauline.

— Est-ce qu'on pourrait ramener Val à Hourville ? demande Agnès.

Elle ne veut plus être réveillée par les pleurs et les chuchotements, mais elle déteste l'idée de quitter Val sans savoir si elle le reverra un jour.

— Ça me va, répond Chantal.

— Je vais le convaincre de venir avec nous, affirme Agnès en se laissant glisser dans son lit.

À sa grande surprise, des larmes lui montent aux yeux et sa gorge se serre. Même si ce sont ses amies intimes, elle ne veut pas que ses deux compagnes l'entendent pleurer pour un garçon qu'elle connaît à peine.

Se tournant sur le côté, elle verse des larmes, étreinte par un violent sentiment de solitude. Le petit fantôme du grenier pleure-t-il pour la même raison ?

Chapitre 15

Au matin, Agnès se réveille, un peu *groggy* à cause du manque de sommeil. L'orage qui s'était calmé durant la nuit, a repris de l'intensité à l'aube. Étendue dans son lit, elle entend la pluie frapper les vitres et le vent gronder autour de la vieille maison.

— Agnès, es-tu réveillée ? chuchote Chantal.

— J'ai à peine dormi.

Chantal a des cernes sous les yeux.

— J'ai fait un rêve étrange pendant la nuit, dit-elle. Je ne m'en souviens plus clairement, mais il m'a laissée avec l'impression que je veux vraiment rentrer chez moi. Heureusement qu'on s'est amusés au début de ce voyage.

— Tu pourras conduire sous une pluie pareille ? demande Pauline qui a écouté leur conversation.

— En allant vers le sud-est, on devrait sortir de la zone de tempête, dit Chantal, optimiste comme toujours.

— Le fantôme a pleuré longtemps hier ? demande encore Pauline.

— Je ne sais pas, répond Agnès. J'ai dormi un peu.

— C'est dommage qu'on ne connaisse pas l'histoire de cette maison, dit Chantal. Quelqu'un a peut-être été assassiné dans cette chambre-là.

— Chantal, ne dis pas ça ! proteste Agnès en frissonnant.

— Moi aussi, j'aimerais en savoir plus, dit Pauline. Une partie de moi est effrayée par ce qu'on entend, et l'autre est triste que l'enfant pleure.

— C'est ce que j'ai ressenti la nuit dernière, dit Agnès, heureuse que son amie éprouve la même compassion qu'elle pour le petit fantôme.

Elle ne dit pas, bien sûr, qu'elle a versé des larmes aussi parce qu'elle va devoir quitter Val.

Elle espère qu'il voyagera avec eux. Ce sera moins gênant alors de lui demander son numéro de téléphone et, s'ils le déposent devant chez lui, elle connaîtra son adresse. Elle a essayé de la lui demander, mais il ne lui a même pas dit dans quel quartier il habite.

La porte s'ouvre soudain et Cola trottine dans la chambre. D'un bond, il saute au milieu du triple lit et se met à lécher le visage de Chantal en gémissant.

— Cola !

Elle lui caresse les oreilles et repousse sa tête pour qu'il cesse de la lécher.

— Carl t'a envoyé nous réveiller ?

— Je l'espère, dit Agnès, ça voudrait dire qu'il est debout et qu'il a préparé du café, peut-être même le déjeuner.

— Je prends une douche ou je sors sur le balcon ? Ça revient au même, dit Pauline.

Couché contre Chantal, Cola regarde Agnès et Pauline tour à tour lorsqu'elles parlent.

— Je viens de me rendre compte que si Val revient avec nous, ça veut dire qu'il va devoir aller chercher ses affaires à son campement. J'espère qu'il ne me demandera pas de l'accompagner, dit Agnès.

— Tu paraissais prête à passer chaque instant avec lui. Serais-tu une amie des beaux jours ? demande Pauline.

— Aujourd'hui, oui.

Pas d'électricité depuis la veille signifie qu'il n'y a pas d'eau chaude ce matin. Agnès décide de ne pas prendre de douche. Elle enfile ses jeans et un survêtement.

Un coup sur la porte entrouverte annonce leur prochain visiteur.

— Vous êtes debout ? demande Justin lorsque Pauline l'invite à entrer.

— Presque, dit Pauline. C'était lâche d'envoyer Cola nous réveiller.

— Cola a quitté la chambre de lui-même. Il a moins peur maintenant que le tonnerre a cessé de gronder. Et il cherche probablement Carl.

— Carl n'est pas avec toi ? demande Chantal en frottant les oreilles de Cola, qui lui jette un regard d'adoration de ses grands yeux tristes.

— Il fait peut-être le café, dit Pauline.

— C'est moi qui ai fait le café, dit Justin. Carl n'est ni dans notre chambre, ni à la salle de bains, ni dans la cuisine. Je croyais qu'il était dehors avec Cola, mais je constate que non.

— Et Val ? demande Agnès en mettant ses chaussures.

— Il dort encore, répond Justin.

— Je parie que Carl charge la jeep, dit Chantal. Transmission de pensées : il a deviné qu'on s'en va.

Elle se lève, prend ses vêtements et se dirige vers la salle de bains pour s'habiller.

— Justin, ça te va qu'on parte aujourd'hui ? demande-t-elle avant de quitter la pièce.

— Je ne vois aucune raison de rester. À moins que ce soit trop risqué de conduire sous une pluie pareille. Habillez-vous, je vais voir si Carl est rentré en présumant qu'il est vraiment allé charger la voiture.

Justin quitte la chambre.

Quinze minutes plus tard, les trois filles ont fait leurs bagages. Cola reste couché sur le lit et les observe. Il a posé son museau sur ses pattes avant et ses yeux sont plus tristes que d'habitude.

Au moment où les filles déposent leurs bagages près de la porte d'entrée, Justin rentre. Sa veste est trempée et ses cheveux ruisselants, plaqués sur sa tête.

Cola aboie après lui.

— Cola ne te reconnaît pas dans cet état lamentable, plaisante Chantal. As-tu trouvé Carl ?

Agnès ressent un soupçon d'anxiété lui pincer le ventre. Où est Carl? Cola ne semble pas le savoir, puisqu'il reste avec eux alors qu'il quitte rarement son maître.

— Justin, tu irais réveiller Val? demande-t-elle. Peut-être qu'il sait où est Carl.

Chantal voit l'expression dans les yeux d'Agnès et s'écrie:

— Tu crois qu'il est arrivé quelque chose à Carl, hein, Agnès?

Elles se connaissent si bien.

— Je pense seulement que c'est bizarre qu'on ne le trouve pas.

Agnès remplit trois tasses de café. Chantal prend la sienne et va regarder par la fenêtre. Pauline échange un regard avec Agnès, qui hausse les épaules.

Val entre, l'air à moitié endormi. Il passe les doigts dans ses cheveux emmêlés.

— Qu'est-ce qui se passe? marmonne-t-il. Justin me dit que vous ne trouvez pas Carl.

— Quand est-ce que tu l'as vu pour la dernière fois? lui demande Agnès en lui tendant une tasse de café.

Val prend quelques gorgées du liquide bouillant tout en réfléchissant.

— Hier soir, finit-il par répondre. Quand on est tous allés se coucher.

— Tu t'es endormi tout de suite? lui demande Pauline, plutôt que de lui poser la vraie question.

— Je suppose.

— Tu n'as pas entendu l'enfant pleurer? La musique? lui demande Agnès.

— Tout ce que j'ai entendu, c'est l'orage, dit Val en secouant la tête.

— Je n'ai rien entendu, moi non plus, dit Justin.

Agnès jette un coup d'œil à Pauline, puis à Val et à Justin à qui elle demande:

— Est-ce que vous nous jouez un tour pour nous faire peur, les gars?

— Je te jure que non, répond Justin en lui jetant un regard surpris.

Le visage inexpressif, Val regarde par la fenêtre.

— D'accord, on va vous croire, dit Agnès. Il va falloir chercher Carl dans toute la maison. S'il a entendu les pleurs, il a peut-être décidé d'enquêter. Il pourrait être tombé ou… On se sépare ou on cherche ensemble?

— Restons ensemble, dit Chantal en se tournant vers elle. Cola! Cherche Carl! Cherche, mon chien!

Cola tourne en rond et les suit lorsqu'ils descendent dans la cave. Le chien en renifle chaque recoin. Il gémit quelques fois, mais ne paraît trouver aucune trace de son maître.

Ils explorent de même le rez-de-chaussée et les chambres. Agnès voit que le visage de son frère est grave et cela n'a rien pour calmer son angoisse croissante.

— Il ne reste plus qu'à explorer le deuxième, annonce Justin.

— Qu'est-ce qu'il y a au deuxième ? demande Val.

— Il n'y a qu'une seule pièce. On l'appelle la salle des fêtes, répond Agnès.

Ils ont atteint l'escalier étroit dans les logements des domestiques. Ils l'empruntent et arrivent au corridor où ils trouvent grande ouverte la porte de la pièce secrète.

Pauline presse l'interrupteur, oubliant qu'il y a une panne d'électricité. La salle est faiblement éclairée par la clarté du jour pluvieux. Val fait le tour de la pièce, examinant les décorations.

— La fête… dit-il.

— On pense que les anciens propriétaires ont organisé une fête d'adieu et qu'ils ne se sont pas donné la peine d'enlever les décorations avant de partir, explique Agnès.

Elle se tient près de Val, sans oser lui prendre le bras. L'humidité froide la transperce jusqu'aux os.

Cola cherche dans toute la pièce, mais ne trouve aucune trace de Carl. Puis il vient se placer devant Chantal et la regarde, l'air de dire : « J'ai essayé, mais je ne le trouve pas. »

Agnès exprime alors la pensée de tous :

— Regardons la vérité en face, les amis. Même Cola la connaît. Carl a disparu.

Chapitre 16

Chantal éclate en sanglots.

— On ne peut pas partir sans Carl! s'exclame-t-elle.

— C'est certain qu'on ne partira pas sans lui, l'assure Agnès en la serrant dans ses bras. Je suis sûre qu'il y a une explication logique à son absence. Il ne nous reste qu'à trouver ce que c'est.

Pour la première fois, Agnès regrette qu'il n'y ait pas de téléphone dans la vieille maison. Elle espère même qu'Edgar Mineau leur rendra visite. Laissant Chantal près de la table de cuisine où ils sont revenus, elle va regarder dehors par les grandes fenêtres du salon.

La pluie tombe dru, mais le vent s'est calmé. Agnès ouvre la porte-fenêtre et sort sur la véranda pour aspirer quelques bouffées d'air frais.

— J'aime la pluie, pas toi? demande Val d'une voix grave derrière elle.

Surprise, elle se retourne vivement. Il sourit, mais ce n'est pas elle qu'il regarde, c'est le rideau de pluie qui leur cache la plage.

— Parfois, répond-elle. Mais pour le moment, j'en ai assez. On a décidé de partir. Est-ce que tu veux qu'on te ramène avec nous à Hourville ? Est-ce que tu dois commencer, comme nous, ton emploi d'été la semaine prochaine ?

— Je suppose, dit Val en venant s'appuyer à la balustrade.

— Tu supposes ? Ton employeur est vraiment indulgent.

— Je ne parviens pas à suivre les règles.

Agnès s'approche, lui prend le bras et s'appuie contre lui.

— Où est Carl, penses-tu ? lui demande-t-elle.

— Je ne sais pas ; je ne le connais pas très bien.

Agnès ne pose pas d'autres questions et regarde la pluie, elle aussi. Elle distingue alors la forme estompée du hangar.

— On n'a pas cherché dans le hangar, constate-t-elle. Je ne sais pas pourquoi il serait allé là, mais...

— Tu veux que j'aille voir ? offre Val.

— Je n'aime pas que tu te fasses tremper.

— Je sécherai. Ce n'est pas pire que nager.

Val s'appuie d'une main à la balustrade et saute gracieusement par-dessus. Puis il disparaît derrière le rideau de pluie.

Quelques minutes plus tard, il revient... seul.

— Le bruit que ça fait sur le toit de tôle ! dit-il en souriant.

L'eau ruisselle au bout de son nez, de son menton et des mèches de ses longs cheveux. La peur d'Agnès est remplacée par un puissant élan d'amour pour lui et une envie irrésistible de l'embrasser. Il est si incroyablement beau et pitoyable.

— Attends! Je vais aller te chercher une serviette. Reste là.

Elle court à la cuisine et prend sa serviette de plage dans un sac.

— Qu'est-ce… commence Chantal.

— Je reviens, lui dit Agnès en repartant au pas de course.

Elle ne veut pas apprendre à Chantal que Val n'a pas trouvé Carl dans le dernier endroit possible. Et elle ne veut pas lui dire qu'elle essaie de ne pas tomber amoureuse alors qu'ils sont si inquiets. Comment fait-elle pour passer de la peur à l'amour, de l'amour au remords et de nouveau à l'envie confuse de déclarer à Val ses sentiments profonds?

Elle lui jette sa serviette sur la tête et il s'essuie les cheveux. Puis il prend Agnès dans ses bras et l'embrasse longuement, passionnément. Il ressent son amour et y répond. Elle presse ses lèvres sur les siennes, qui cherchent à savoir si elle est sincère.

Puis Val s'écarte d'elle en disant:

— Excuse-moi… Je…

Elle met ses doigts sur les lèvres du garçon et dit:

— Ne t'excuse pas, Val. Je voulais que tu m'embrasses. Ça me plaît.

Elle le prend par la main et l'entraîne vers la cuisine. Elle met de l'eau à bouillir sur la cuisinière à gaz pour préparer du thé.

Le front appuyé sur la table, Chantal cache son visage dans ses mains. Justin écrit dans un calepin. Pauline observe Agnès et Val. Devine-t-elle ce qui vient de se passer?

— Tu es allé nager, Val? demande-t-elle.

— On s'est rendu compte qu'on n'avait pas cherché dans le hangar, répond Agnès. Val y est allé. Carl n'y était pas.

Cola est couché tristement sous la table, près des pieds de Chantal. Il gémit en entendant le nom de son maître.

Agnès fait du thé pour tous. Chantal brise le silence et dit:

— Je ne peux pas rester ainsi sans rien faire. Je vais en ville chercher de l'aide.

— Tu crois que les policiers viendront enquêter pendant un tel orage? demande Justin.

— Carl a disparu! dit Chantal en se levant.

Cola la regarde et pousse un gémissement.

— Je vais avec toi, propose Justin.

— Je vous accompagne, dit Pauline.

Cola gémit de nouveau en voyant Chantal s'apprêter à sortir. Il semble tiraillé entre le désir de l'accompagner et celui d'attendre le retour de son maître.

Justin tranche:

— Je vais accompagner Chantal. Vous trois restez ici avec Cola au cas où Carl reviendrait.

— Cola! Reste! ordonne Chantal.

Le chien lui lance un regard triste puis se recouche sous la table.

Chantal et Justin courent vers la jeep. Agnès essaie de trouver à s'occuper en attendant leur retour.

— Je me demande si l'eau est trop agitée pour qu'on puisse nager, dit-elle.

— Ce serait dangereux de nager aujourd'hui, déclare Val d'un ton ferme.

Cola va gratter à la porte.

— Pauvre Cola! dit Agnès. Tu n'es pas sorti depuis des heures. Tu dois être prêt d'éclater.

Dès qu'elle ouvre la porte, il bondit dehors.

Elle n'est pas sitôt retournée s'asseoir à la table de cuisine que Chantal et Justin réapparaissent, trempés jusqu'aux os. Ils ont tous deux une expression soucieuse.

— Qu'est-ce qui ne va pas? demande Pauline.

— La jeep ne veut pas démarrer, répond Chantal. J'ai rempli le réservoir l'autre jour en ville.

— Il est vide, pourtant. Quelqu'un l'a vidé, dit Justin en s'essuyant le visage et les mains avec des essuie-tout. Je ne sais pas dans quelle intention, mais Mineau pourrait l'avoir fait avant de s'en aller. Rappelez-vous, on ne l'avait pas accompagné jusqu'à son camion.

Tandis qu'ils se regardent les uns les autres, ne sachant que penser, un énorme coup de tonnerre éclate.

— Oh! Cola est dehors! s'écrie Agnès.

Elle court ouvrir la porte au chien qui doit être terrifié. Mais Cola n'est pas collé contre la porte ni dans la cour. Elle court sous la pluie jusqu'à la plage en l'appelant. Le vent emporte ses cris, plaque ses vêtements contre son corps et tire ses cheveux.

Elle va voir si Cola, voulant accompagner Chantal, n'est pas allé se cacher sous la jeep. Elle se met à genoux pour regarder sous la voiture. Il n'y est pas.

Elle l'appelle à grands cris. La pluie la gifle si durement qu'Agnès n'a pas d'autre choix que de rentrer.

Ils l'attendent tous sur la véranda.

— Cola a disparu, leur déclare-t-elle.

Chapitre 17

— Peut-être qu'il a trouvé la piste de Carl, dit Chantal, un soupçon d'espoir dans la voix. Si on trouve Cola, on trouvera Carl.

Comme elle s'apprête à partir à leur recherche, un immense éclair les aveugle, suivi d'un coup de tonnerre retentissant.

— Carl doit avoir faim, où qu'il soit, dit Chantal.

Sa remarque bouleverse Agnès. Où est Carl ? Il n'est certainement pas libre de les rejoindre. Soit il en est empêché, soit il… il…

Pour mettre court à ses pensées, elle se dirige vers la cuisine en disant :

— Je vais préparer quelques sandwiches au cas où l'un de vous aurait faim.

Chantal ne touche pas à la nourriture qu'Agnès lui sert.

— Je me sens tellement impuissante, dit-elle. On ne peut pas appeler à l'aide. On ne peut pas aller chercher de l'aide. Et on ne peut même pas partir à sa recherche.

— Peut-être qu'Edgar Mineau va venir voir si tout va bien, dit Pauline.

«Si Mineau est impliqué dans cette affaire, il se cache probablement dans les environs», pense Agnès. Cette pensée la fait frissonner.

Malgré sa fatigue, Agnès s'efforce de se tenir éveillée pour ne pas, la nuit venue, rester étendue les yeux grands ouverts dans l'obscurité. Elle joue une molle partie de *Monopoly* avec Justin et Pauline.

Chantal écoute les nouvelles locales et les rapports de météo grâce aux piles de sa radio portative. Elle apprend ainsi qu'ils subissent présentement un des pires orages jamais vus dans la région.

Val reste sur la véranda pour observer la tempête. De temps à autre, Agnès va lui jeter un coup d'œil. Comment peut-il regarder aussi longtemps tomber la pluie ? À quoi pense-t-il ?

Au milieu de l'après-midi, ayant fait du maïs soufflé, elle vient lui en offrir. Il n'est plus sur la véranda. Elle regarde aux alentours. Il est parti.

— Val n'est plus sur la véranda, annonce-t-elle en rentrant dans la cuisine.

— Je parie qu'il est parti à la recherche de Cola, dit Justin. Il a vraiment l'air d'aimer ce chien.

— Ou alors, il a décidé d'aller voir dans quel état est son campement, dit Pauline.

— Il n'a pas dit qu'il rentrait avec nous à Hourville, mais il n'a pas dit non plus qu'il restait, donc je suppose qu'il sera du voyage, dit Agnès.

— Pourquoi est-ce qu'il ne nous a pas dit où il allait? demande Chantal.

— Je ne pense pas qu'il a l'habitude de dire où il va ni ce qu'il fait, constate Agnès. Ça exaspère probablement ses parents.

— Je ne peux plus rester assise à rien faire! crie Chantal.

Elle sort en trombe de la pièce. Ils l'entendent grimper rageusement l'escalier.

— Pauvre Chantal! dit Pauline. Je la comprends, mais je ne sais pas quoi faire.

— On pourrait mettre nos maillots et sortir chercher Carl et Cola, propose Agnès. Peut-être que Carl s'est levé tôt et est allé se baigner, puis qu'il a eu un problème...

— Il n'a jamais fait ça. C'est toi la lève-tôt, Agnès. Il n'y a que toi qui nages seule à l'aube. Carl déteste être seul, tu le sais.

Ayant dit cela, Justin prend quelques bougies dans un tiroir et les allume, puis il les pose sur la table de cuisine et sur le comptoir. Il fait fondre la base d'une grosse bougie et la colle ainsi dans une tasse pour qu'elle se transporte facilement. L'électricité n'est toujours pas revenue.

— As-tu vérifié les fusibles, Justin? lui demande Pauline.

— Oui. Mineau nous avait montré où ils sont. C'est la première chose que j'ai vérifiée. L'éclair a dû couper le courant au poteau. Si je vivais ici, j'installerais une génératrice de secours pour les urgences.

— Organisons-nous, dit Agnès. Demain matin, quelle que soit la température, on se rendra en ville.

— Nous tous ? demande Pauline.

— Il vaudrait mieux qu'on reste ensemble, dit Agnès, qui compte bien que Val sera revenu d'ici là.

— Je vais apporter mon matelas dans votre chambre et dormir près de vous, cette nuit, si ça ne vous dérange pas, propose Justin.

Ils restent encore un moment dans la cuisine. Justin continue à écrire, mais Agnès et Pauline ne lisent pas les livres qu'elles ont ouverts.

— Je vais essayer de dormir, finit par dire Agnès dont les yeux se ferment malgré elle.

À sa grande surprise, Agnès dort profondément toute la nuit. Un faible rayon de soleil la réveille et elle s'assied brusquement. Chantal et Pauline dorment encore, mais le lit de Justin est vide.

— Pauline ! Chantal ! Le soleil brille. Levez-vous ! dit-elle.

Agnès a dormi tout habillée, au cas où. Elle met ses chaussures et va rapidement jusqu'à la porte d'entrée. Ouvrant celle-ci, elle appelle :

— Justin !

Le soleil est visible, mais le ciel est partiellement nuageux.

N'ayant obtenu aucune réponse, Agnès referme la porte et remonte l'escalier en vitesse pour aller regarder dans la chambre des garçons. Justin n'y est pas retourné pendant la nuit. Elle se rend jusqu'à la chambre de Val. Son dernier espoir s'évanouit lorsqu'elle la trouve vide aussi.

Refoulant ses larmes, elle rentre dans sa chambre, mais dès qu'elle l'aperçoit, Pauline s'inquiète et lui demande :

— Agnès ! Qu'est-ce qui ne va pas ?

— Oh ! Pauline ! Chantal ! Justin a disparu. Val aussi. Il ne reste que nous trois.

Elle se jette sur son lit et sanglote avec frénésie.

Chapitre 18

— Agnès! Ne pleure pas comme ça, lui dit Chantal. Tu ne peux pas t'effondrer, toi, la plus brave.

— Chantal a raison, dit Pauline. Agnès, s'il te plaît, cesse de pleurer. On doit décider ce qu'il faut faire.

— Est-ce qu'on devrait aller toutes les trois en ville? demande Chantal pour faire réagir Agnès.

— Justin ne nous aurait pas abandonnées de son plein gré, dit Pauline. Quelque chose de terrible se passe. Quelqu'un nous observe et… et…

C'est la dernière chose qu'Agnès veut entendre, mais ça l'oblige à réagir. Elles ne peuvent pas rester sans rien faire en attendant de disparaître à leur tour. Et pleurer ne leur est d'aucun secours.

Agnès s'assied et se mouche dans le mouchoir que Chantal lui tend.

— Qu'est-ce que vous pensez qu'on doit faire? demande-t-elle à ses amies.

— On pourrait fouiller de nouveau la maison, dit Pauline.

— J'aimerais mieux chercher dehors, maintenant qu'il a cessé de pleuvoir, dit Chantal en tortillant un mouchoir entre ses doigts. On les trouvera peut-être tous.

— Les gars ne nous jouent pas un tour, hein? demande Pauline.

— C'est ce que j'ai d'abord pensé, dit Agnès en se levant. Mais Carl ne se priverait pas de manger aussi longtemps.

Chantal gémit et Agnès la force à se lever en disant:

— Viens, on va chercher sur la plage. Puis, si on ne les a pas trouvés, on ira explorer le marais. Peut-être que Cola s'y est caché pendant l'orage.

— Peut-être qu'il est allé dans le hangar, dit Chantal.

— Val l'a fouillé, mais regardons encore.

Sur ces paroles, Agnès entraîne ses amies jusqu'au petit abri. La porte s'ouvre en grinçant et elle entre prudemment, Chantal et Pauline sur les talons. Il fait si sombre à l'intérieur qu'elle regrette de ne pas avoir emporté sa lampe de poche.

D'abord, rien ne lui semble différent, puis elle s'aperçoit qu'un endroit près de l'établi est dépourvu de poussière. On dirait que quelqu'un s'est assis là et a beaucoup gigoté.

— Regardez! Mon nom! murmure Chantal avec stupeur.

Elle pointe du doigt des lettres maladroites tracées à côté de l'étagère basse qui fait toute la longueur de l'établi.

— Carl était ici, dit Pauline en serrant Chantal dans ses bras.

Agnès n'est pas sûre qu'il y a de quoi se réjouir. Pourquoi Carl est-il resté assis assez longtemps pour écrire le nom de son amoureuse ? Pourquoi n'a-t-il pas laissé aussi un message ? A-t-il été interrompu ? Quand est-ce que ça s'est passé ? Si Carl était dans le hangar la veille, Val l'aurait trouvé.

Leurs recherches ne leur apportant aucun autre indice, les trois filles sortent du hangar et vont sur la plage.

— Il va encore pleuvoir, dit Pauline d'un ton découragé.

Elle a raison : de gros nuages gris s'accumulent à l'ouest.

Le vent s'élève, fouettant les cheveux d'Agnès. Mais le froid qui se répand en elle n'est dû ni au vent ni à l'orage imminent. Il est de plus en plus évident qu'elles ont affaire à un criminel ou à un aliéné. Carl a été ligoté et gardé prisonnier dans le hangar ; elle en est convaincue. Où est-il maintenant ? Où est celui qui l'a enfermé ?

Et maintenant, Justin et Val ont disparu, eux aussi. Sont-ils détenus quelque part par le même individu. Pour quelle raison ?

Partout où elles cherchent, elles dérangent des oiseaux venus se nourrir au bord de la baie avant que la tempête reprenne.

N'ayant rien trouvé dans les environs, elles décident d'explorer le marais.

Un sourd grondement annonce l'approche de l'orage. Les nuages défilent rapidement au-dessus de leurs têtes. Dans moins d'une heure, la pluie tombera de nouveau.

Tout à coup, Chantal se met à courir. Elle a aperçu une forme sombre parmi les broussailles. Puis elle s'arrête brusquement et pousse un cri perçant.

— Chantal! Qu'est-ce qu'il y a? crie Agnès en la rejoignant.

— C'est Cola. Oh! Cola...

Chapitre 19

Chantal se détourne et s'effondre dans les bras de ses amies. Agnès fait un signe à Pauline pour que celle-ci soutienne Chantal, tandis qu'elle va examiner le corps de Cola. Elle n'a pas envie de regarder le cadavre du chien de Carl, mais elle doit savoir ce qui lui est arrivé.

Elle s'agenouille près de l'animal et met la main sur sa fourrure brune qui lui a valu son nom. Le corps est froid. Une mince ligne de sang séché dessine un collier macabre autour du cou de Cola.

« Les fantômes n'étranglent pas les chiens », se dit-elle.

La pensée lui est venue spontanément. Y a-t-il un lien entre les sanglots provenant de la salle des fêtes, les fantômes de la maison et la mort de Cola ? Elle ne voit pas lequel, mais il y en a certainement un, ainsi qu'avec les disparitions de Carl, Justin et Val.

Une autre pensée la frappe brutalement : vont-elles trouver les trois garçons dans le même état que Cola ? « Oh ! s'il vous plaît, non ! Non ! » se dit-elle.

Des mouches bourdonnent autour du cadavre du chien, tandis qu'Agnès se redresse et rejoint ses amies. Elle espère que celles-ci n'ont pas eu la même pensée.

— On ne peut pas le laisser comme ça, leur dit-elle. Il faut l'enterrer. Je vais retourner chercher une pelle dans le hangar. Restez ici.

— Agnès…

— Je serai prudente. Je vous promets que je ne disparaîtrai pas. Chantal, tu sais que Carl voudrait que son chien soit enterré.

Elle les quitte avec cet espoir que Carl est vivant et qu'il se préoccupe du sort de son chien. Elle-même a besoin de croire que les garçons sont en vie.

Pourquoi Cola a-t-il été tué ? Il y a une réponse logique à cette question : le chien essayait de retrouver Carl et y a peut-être réussi. Or la personne qui est responsable de tout ça ne pouvait laisser Cola les conduire à son maître ou, en aboyant, attirer leur attention sur l'endroit où celui-ci est retenu prisonnier.

Agnès s'arrête devant la porte du hangar et tend l'oreille pendant quelques secondes. N'entendant rien, elle ouvre la porte et jette un coup d'œil dans la pénombre.

Elle n'a tourné le dos à l'ouverture qu'un instant, mais c'est suffisant. Avec un claquement sec, la porte se referme derrière elle. Agnès se jette dessus et essaie en vain de la rouvrir.

— Hé ! Arrêtez ça ! Laissez-moi sortir ! crie-

t-elle à l'intention de celui qui l'a suivie et emprisonnée.

Il est derrière la porte et il écoute.

Pour le moment, elle n'entend que son propre
cœur battre furieusement dans sa poitrine et le vent
faire craquer la vieille bâtisse.

— S'il vous plaît, supplie-t-elle. S'il vous plaît,
ouvrez la porte.

Elle essaie de ne pas laisser paraître sa peur, mais
elle ne peut empêcher sa voix de trembler. La porte
n'a pas de loquet. Quelqu'un la retient donc fermée
en s'appuyant dessus.

Agnès essaie de voir son persécuteur par les fen-
tes entre les planches, mais n'y réussit pas. Elle se
concentre pour deviner son identité. Elle ne ressent
que sa propre peur.

Chantal et Pauline vont s'inquiéter en ne la
voyant pas revenir. «Ne venez pas à ma recherche !
prie-t-elle en silence. Restez où vous êtes !»

— Qui êtes-vous ? demande-t-elle d'une voix
qu'elle veut calme. Pourquoi faites-vous ça ? Où est
mon frère ? Et Carl ? Et Val ? Où sont-ils ? Parlez-
moi. C'est vous, monsieur Mineau ? Parlez-moi,
Edgar. Vous avez besoin de parler à quelqu'un. Je
vous écoute. Parlons ensemble.

Même le vent se tait un instant. Elle essaie de
nouveau de pousser la porte. Sans succès. Elle
recule alors et, saisissant la pelle qu'elle était venue
chercher, elle la tient devant elle comme une arme.

Se plaçant à côté de la porte, elle reprend :

— Pourquoi ne pas entrer ? Il va pleuvoir. On pourrait s'asseoir à l'abri et parler.

Pas de réponse. Elle attend cinq minutes, puis elle se rappelle ce qui s'était passé lorsqu'elle avait été enfermée sur le balcon de sa chambre. La porte-fenêtre n'était plus fermée au moment où Chantal était venue la libérer.

D'une main tremblante, Agnès saisit la poignée et la tourne vivement tout en se tenant prête à se défendre.

Comme si Agnès n'avait qu'imaginé être enfermée, la porte s'ouvre en grinçant. Refrénant son envie de bondir à l'extérieur, elle attend, les mains serrées sur le manche de la pelle.

Un coup de vent fait claquer la porte contre le mur extérieur du hangar. Agnès s'avance jusqu'à l'ouverture et attend encore. Puis elle sort d'un bond et court sur une courte distance avant de se retourner, la pelle levée devant sa poitrine.

Il n'y a personne et même pas d'indice que quelqu'un s'est trouvé là.

Agnès s'élance vers le marais où l'attendent Chantal, Pauline... et Cola.

— Dieu merci, ça ne t'a pas pris trop de temps, dit Chantal. Je vais t'aider à creuser. Il faut que je fasse quelque chose.

« Ça n'a pas pris de temps ? Seulement un siècle ! » se dit Agnès qui a décidé de ne rien raconter à ses amies pour ne pas les effrayer davantage.

Elles creusent chacune leur tour puis, les dents

serrées, elles déposent le cadavre du chien dans la fosse.

Chantal, pleurant sans retenue, jette la première pelletée de terre sur le corps sans vie. Puis elle passe la pelle à Agnès qui continue à remplir le trou, tandis que Chantal détourne le regard et pleure sur l'épaule de Pauline.

Les premières gouttes de pluie tombent, alors que les filles se dirigent vers la maison. Le tonnerre gronde.

Agnès jette un regard au hangar en passant devant. La porte est restée ouverte ; l'intérieur est une sombre cellule dans laquelle elle a été prisonnière.

— Agnès, viens ! l'appelle Pauline.

Elle se rend compte alors qu'elle s'est arrêtée devant l'abri.

— Ça va ? lui demande Chantal. Vas-tu ranger la pelle ?

— Non, je vais l'apporter dans la maison. Ça pourrait nous servir d'arme. Quelqu'un a tué Cola et...

— Oh ! Agnès ! J'ai si peur ! dit Chantal en recommençant à pleurer.

— Moi aussi, dit Agnès. Mais je suis également furieuse.

Elles vont dans la cuisine où elles se sentent en sécurité. En sécurité contre quoi ? L'orage ? Le meurtrier de Cola ? Les fantômes ?

— Pensez-vous que Carl, Justin et Val sont

encore vivants ? demande Chantal, exprimant leur plus sombre pensée.

— Je ne peux pas supporter de penser le contraire, dit Pauline en allumant le rond de la cuisinière à gaz sous la bouilloire.

— Alors où sont-ils ? demande encore Chantal, d'une voix coléreuse.

— Je suis convaincue qu'ils sont dans cette maison, dit Agnès, sans savoir d'où lui vient cette conviction.

Elles boivent une tasse de thé en écoutant l'orage se rapprocher. La maison craque et gémit sous l'assaut du vent.

— Pourquoi est-ce qu'on reste ici à attendre ? demande Pauline. Je ne sais même pas ce qu'on attend. Ils ne vont pas entrer tous les trois en disant : « Nous voilà ! »

— Tu veux fouiller encore la maison ? demande Agnès.

Aucune ne dit : « Oui, faisons-le ! ». Elles restent donc immobiles quelques minutes de plus à regarder fixement leurs tasses vides.

— J'ai froid. Je vais m'habiller plus chaudement, dit Chantal. Venez avec moi ; on doit rester ensemble.

— Et prenons nos lampes de poche, suggère Pauline. Il va bientôt faire noir.

Tandis qu'elles montent l'escalier, Agnès essaie d'imaginer un plan. Elles doivent agir plutôt que d'attendre que le détraqué leur porte le prochain coup.

Mais le coup a été donné pendant qu'elles étaient dehors. Sur chacun de leurs lits, il y a une enveloppe carrée de couleur beige.

Elles ouvrent les enveloppes en même temps.

— C'est complètement fou, dit Pauline.

— C'est… C'est…

— C'est une invitation à une fête, dit Agnès.

Dans chaque enveloppe, il y a une carte colorée et décorée d'illustrations de fleurs printanières entourant un texte écrit en lettrage élaboré :

CAROLINE JASMIN VOUS INVITE
À ASSISTER AUX CÉLÉBRATIONS DE SON
DIX-HUITIÈME ANNIVERSAIRE DE NAISSANCE.
VOUS ÊTES PRIÉES DE VOUS RENDRE À LA FÊTE
QUI SERA TENUE À LA SALLE DE BAL DU DEUXIÈME
ÉTAGE DE LA RÉSIDENCE JASMIN.
TENUE DE SOIRÉE OPTIONNELLE.
RSVP

La date originale du carton d'invitation a été raturée et remplacée par la date du jour.

— Est-ce que c'est une blague ? demande Pauline.

— Comment est-ce qu'on va répondre et à qui ? demande Chantal, sans se rendre compte à quel point sa préoccupation est étrange.

— Qu'est-ce qu'on fait ? demande encore Pauline.

— Il n'y a qu'une seule chose à faire : aller à la fête, répond Agnès.

Chapitre 20

Comme si quelqu'un les observait et les écoutait, aussitôt qu'Agnès a annoncé qu'elles iront à la fête, la musique se fait entendre.

— On nous écoute, dit Pauline en levant les yeux au plafond.

Agnès passe le faisceau de sa lampe de poche sur le registre de chauffage placé au-dessus de leurs lits, puis elle grimpe sur un de ceux-ci et parle à travers le grillage :

— On va monter. On va assister à votre fête.

La musique cesse pendant cinq secondes, puis une voix aiguë et plaintive comme celle d'un enfant dit :

— Venez ! S'il vous plaît, venez à la fête !

La musique recommence. On imagine des couples évoluer sur le plancher de danse, les hommes serrant leur cavalière contre eux.

— O.K. Allons-y ! dit Agnès. Ce n'est pas un fantôme. Il y a un être vivant là-haut.

Elle n'est pas certaine d'être moins effrayée par

un être réel que par un fantôme. Elle n'a pas vraiment envie d'aller à la salle des fêtes.

Dehors, la pluie a repris, messagère du nouvel orage ou continuation de l'ancien. Les éclairs zigzaguent et le tonnerre roule, secouant la vieille maison à chaque coup. Le vent hurle et siffle. Il est particulièrement violent depuis qu'elles ont quitté leur chambre et qu'elles descendent l'escalier en direction du rez-de-chaussée.

En dépit de ses genoux flageolants, Agnès guide ses amies à travers la maison sombre, s'enfonçant dans les ténèbres de l'escalier, de la cuisine et des marches conduisant aux logements des domestiques.

Là, elle s'arrête et promène alentour le faisceau lumineux de sa lampe de poche. Le rayon vacille et danse d'un mur à l'autre ; pour le stabiliser, elle doit tenir sa lampe à deux mains. L'escalier paraît plus étroit que jamais et la rend claustrophobe. L'obscurité au-dessus d'elle semble s'étendre sur des kilomètres. La faible lueur de la lampe ne contribue aucunement à donner confiance à Agnès. Elle a l'impression d'entrer dans l'un des nuages d'orage les plus noirs.

Le tonnerre gronde comme un roulement de tambour annonçant qu'elles s'apprêtent à faire une folie.

Pauline et Chantal se tiennent si près d'elle qu'Agnès entend leur respiration.

— On est certaines qu'on veut faire ça ? demande Pauline.

— Non, dit Agnès en mettant le pied sur la première marche. Mais les gars sont là-haut.

— Comment peux-tu savoir ça ? demande Chantal qui s'accroche à la poche arrière des jeans d'Agnès.

— Je sens que j'ai raison, répond Agnès en continuant de monter au milieu de l'obscurité.

— Si c'est une blague, je vais les tuer tous, dit Pauline qui essaie de se mettre en colère.

— Mais Cola…

Finalement, elles se retrouvent devant la porte au bout du corridor. La noirceur est complète et semble vivante. Un courant d'air humide les frôle, tandis que la musique lente emplit leur esprit. Agnès a l'impression qu'un sort lui a été jeté et qu'elle sortira de ce cauchemar en flottant. Elle saisit la poignée froide.

La porte s'ouvre sans bruit, comme si quelqu'un en avait huilé les charnières. Agnès cligne des yeux : des bougies sont disposées tout autour de la pièce. Les flammes vacillantes produisent une douce lueur chaleureuse.

Agnès fait un pas, puis reste à l'entrée de la salle afin de pouvoir s'enfuir s'il le faut. La pièce sent l'humidité et le poisson, comme si leur rêve se poursuivait sous l'eau.

Les banderoles de papier crépon pendent toujours du plafond, mais on leur a ajouté des plantes aquatiques. Des cailloux sont placés en ordre au pied de chaque bougie. Ces arrangements ressemblent à ceux de la collection du hangar.

La lueur des bougies ne permet pas de bien voir

dans la salle. Agnès continue d'y promener le rayon de sa lampe de poche. Elle aperçoit trois chaises et l'appareil portatif d'où provient la musique. Ce n'est pas celui de Chantal ; celui-ci est plus petit.

La musique est maintenant une valse.

— Là, à l'autre bout de la salle ! chuchote Pauline, sa bouche si proche de l'oreille d'Agnès que celle-ci sent la chaleur de son souffle. Quelqu'un… Quelqu'un… regarde par la fenêtre.

Trois silhouettes, assises sur des chaises droites, regardent l'orage qui sévit, la pluie qui ruisselle sur les vitres.

Les trois filles s'approchent lentement.

— C'est … C'est Justin et Carl !

Agnès a reconnu les cheveux noirs de son frère et la blondeur de Carl.

Entre les deux garçons, qui ont chacun un bras passé autour de ses épaules, une fille à longs cheveux blonds est assise. Val portant une robe ?

— J'en étais sûre ! s'écrie Agnès.

Toute sa frayeur s'évanouit. La stupeur, puis le soulagement et enfin la colère se succèdent en elle.

— Les gars, je savais que c'était une blague ! Je vais vous tuer ! crie-t-elle en se précipitant vers les garçons.

Chantal et Pauline la suivent en riant.

— Quel soulagement ! dit Pauline. Je n'en reviens pas que vous vous soyez donné tant de mal pour faire une farce.

— Je ne te le pardonnerai jamais, Carl Grignon,

gronde Chantal. Vous nous avez fait une de ces peurs !

Agnès ne se serait jamais attendue à un tour pareil de la part de Val, mais les deux autres garçons doivent avoir insisté pour qu'il participe à la blague.

— Val...

Agnès s'apprête à lui dire le fond de sa pensée, mais les mots lui restent dans la gorge.

La raison pour laquelle Justin et Carl ne disent rien, ne se retournent pas en criant : « Surprise ! », c'est qu'ils sont sans connaissance. Tous deux sont affaissés sur leur chaise, les yeux fermés, appuyés contre... contre...

La fille en robe élégante entre eux n'est pas Val coiffé d'une perruque blonde, tel qu'Agnès le pensait. Ce n'est même pas une fille... bien, elle en a été une, il y a longtemps, mais... mais...

Entre Carl et Justin, leurs bras encerclant mollement ses épaules, est assise une momie dont le visage est un masque tordu et grimaçant.

Chapitre 21

Pauline hurle. Chantal, agrippée au bras d'Agnès, se met à pleurer doucement. Tout ce qu'Agnès peut faire, c'est regarder fixement la vision d'horreur qu'elle a sous les yeux.

Les parties découvertes du corps de la fille sont momifiées ; elles ont l'apparence du cuir. Ses bras sont réduits à des os recouverts d'une peau desséchée. Ses mains, jointes sur ses cuisses, tiennent un bouquet de fleurs fraîches, parmi lesquelles Agnès reconnaît des plantes qui poussent dans le marais.

Les yeux de la momie qui regardent la fenêtre sans la voir sont des trous sombres contemplant la mort. Ses joues creuses, aspirées par en dedans, tirent les lèvres qui découvrent les dents en un sourire macabre.

Sa robe, un amas de dentelles, a pris une teinte ivoire, et les motifs de bouquets roses et bleus sont décolorés.

— Ce… Ce sont mes boucles d'oreilles ! s'exclame Pauline en pointant du doigt les bijoux qui parent les oreilles de la morte.

— Et c'est mon bracelet ! dit Agnès de même.

Elle n'ose pas toucher le cercle de plastique rose semblable à du quartz qui pend au poignet squelettique.

— Qui... Qui...

— Bienvenue à la fête célébrée en l'honneur de ma sœur, dit une voix grave derrière elles. J'espérais que vous viendriez.

Agnès se retourne d'un mouvement vif.

— Val ! murmure-t-elle.

Il s'avance vers elle et se tient de l'autre côté du trio assis devant les fenêtres. Ses yeux magnifiques brûlent d'une joie et d'une excitation telles qu'Agnès en est effrayée.

Carl grogne, interrompant l'examen qu'Agnès fait du visage de Val. Elle essaie de comprendre cette... surprise, si ce mot est suffisant pour décrire l'horreur qui est devant elle.

— Carl, ça va ? s'écrie Chantal en s'agenouillant près de lui.

Elle prend la main de son amoureux et la serre entre les siennes.

— C'est ta sœur ? demande Agnès en pointant du doigt la morte en robe de dentelles.

Elle sait qu'elle doit faire parler Val. Elle ignore quelles sont ses intentions, mais son intuition lui dit qu'il est dangereux. Elles sont trois contre lui, mais il a maîtrisé et ligoté deux garçons costauds à lui tout seul et les a transportés jusque dans cette pièce.

132

Val regarde la momie comme si c'était la plus belle fille du monde.

— Caroline n'a jamais pu fêter son anniversaire, dit-il. Maman et papa avaient préparé une fête. Ils avaient envoyé les invitations et engagé un orchestre. Elle allait avoir dix-huit ans. Elle avait tellement hâte, mais elle ne me laissait pas en dehors de ses projets. Elle pensait toujours à moi.

— Elle… Elle était très belle, réussit à dire Agnès.

— J'aurais eu de la chance qu'elle m'accorde une danse.

Il s'approche de la fenêtre. Pauline en profite pour se pencher sur Justin et prendre son pouls.

— Il est vivant, chuchote-t-elle.

Agnès ressent un puissant soulagement. Carl et Justin ne sont pas en danger, bien qu'ils ne leur soient d'aucune aide pour le moment.

— Détache-les, dit Agnès à l'oreille de Pauline.

Val regarde la pluie frapper les vitres. Est-il en esprit avec eux dans la salle ou très loin de là, très loin dans le temps?

Agnès se redresse et son mouvement attire l'attention du garçon. Il se tourne pour lui faire face.

— Je ne pouvais pas l'oublier, lui explique-t-il. Je voulais qu'elle ait son *party*. Vous allez rester pour la fête, hein?

Son sourire, celui qui transperçait Agnès de passion, la fait maintenant frissonner de peur.

— On aimerait rester, Val, dit-elle, essayant de

penser vite. Combien… Ça fait combien de temps que ta sœur attend qu'on célèbre sa fête?

— Oh! ça fait longtemps! Très longtemps.

— Val, qu'est-ce qui lui est arrivé? Peux-tu me le raconter? demande-t-elle doucement, comme si elle parlait à un enfant sur le point de piquer une crise.

— C'est ma faute si elle est morte, dit-il en regardant la momie.

— Comment ça? Comment est-ce que ça peut avoir été ta faute? demande-t-elle pour lui extorquer l'histoire.

— *J'ai construit un radeau. C'était un fameux radeau!*

La voix de Val a changé; elle est devenue celle de l'enfant qu'ils ont entendu pleurer dans cette salle. C'est lui leurs fantômes, car il imitait également la voix de sa sœur avec laquelle il semblait discuter. Et c'est lui qui pleurait. Il pleurait sa sœur morte.

Bien qu'elle soit terrifiée, Agnès est prise de pitié pour l'enfant emprisonné en Val, l'enfant qui lui raconte son histoire.

— *Caroline était une bonne nageuse, encore meilleure que moi. Elle aimait la baie. Elle passait des heures dans notre bateau et m'enseignait à naviguer.*

— Que s'est-il passé? Comment s'est-elle noyée? demande Agnès qui devine la fin tragique du récit.

— *Je l'ai tant suppliée. Elle avait plein de choses à faire pour préparer sa fête. Elle ne voulait pas venir avec moi. Mais j'ai insisté. Je lui ai dit que j'avais construit le radeau pour elle, pour son anniversaire. Ce n'était pas vrai, bien sûr, je l'avais construit pour moi. Mais je voulais qu'elle me dise qu'il était magnifique, que j'avais fait du bon travail.*

— Elle est allée avec toi sur ton radeau? demande Agnès en surveillant du coin de l'œil les progrès que font Pauline et Chantal dans leurs efforts pour détacher les garçons.

Ni Carl ni Justin n'ont repris connaissance, alors ils ne peuvent pas les aider.

— *Elle a dit qu'elle naviguerait pendant une heure avec moi. Une heure seulement. Mais c'était bien suffisant.*

Le regard de Val est perdu dans le passé, à cette heure passée sur la baie avec sa sœur.

— *Une tempête s'est levée tout à coup. Tu as vu comment les orages viennent vite par ici.*

Il la regarde droit dans les yeux. Elle hoche la tête et se rapproche légèrement de lui pour détourner son attention de ses amis, pour qu'il garde les yeux fixés sur elle.

Il lui est difficile de continuer à avoir peur de Val, mais elle sait qu'il est dangereux. Ce n'est pas le même Val que celui dont elle est tombée amoureuse. Celui-ci est une autre personne, qui a certainement l'esprit dérangé.

— *Le radeau aurait dû être assez solide, mais il ne l'était pas.*

Le petit garçon en Val se met à pleurer.

— Le radeau s'est brisé ?

Avant de pouvoir s'en empêcher, Agnès avance la main et touche le bras de Val. Il se recule d'un bond, le visage grimaçant de colère. Il met un de ses poings sous son menton et gronde :

— *Je lui ai dit de tenir bon. J'ai attrapé une planche et je l'ai tenue. C'était difficile de nager parce que les vagues étaient hautes. Caroline m'a dit de m'accrocher à ma planche. Elle voulait nager jusqu'à la rive pour aller chercher du secours. Je l'ai suppliée de rester avec moi, mais elle est partie avant que j'aie pu la retenir. J'ai essayé de l'empêcher de partir.*

— Tu as essayé, je suis sûre que tu l'as fait, Val.

Agnès n'est pas une experte en psychologie, mais elle sait ce que l'enfant a besoin d'entendre.

— Ce n'était pas ta faute, Val. Tu n'es pas responsable de la mort de ta sœur.

— *Oui, je le suis ! Elle n'a jamais pu célébrer son anniversaire, et c'est ma faute !*

Soudain, Val a un accès de rage. Il fait les cent pas dans la pièce.

Agnès le suit. C'est une bonne chose. Ils s'éloignent de ses amis. Pauline et Chantal peuvent essayer de ranimer les garçons. Est-ce que Val les a drogués ? Il les a sûrement assommés d'abord, mais il a dû leur administrer des sédatifs pour qu'ils se tiennent tranquilles pendant tout ce temps.

— Val, écoute-moi, dit-elle. Ta sœur a choisi

d'aller chercher de l'aide. Caroline était une excellente nageuse. Sa mort est un accident.

— *Le radeau s'est brisé.*

— Tu ne savais pas que ça arriverait. Tu ne l'avais pas construit pour naviguer en pleine tempête.

— *Elle ne voulait pas venir. Elle a fini par accepter parce que je l'ai suppliée. Je l'ai suppliée de venir avec moi. Et je l'ai tuée!*

Si Val s'effondrait en larmes, Agnès aurait une chance de le maîtriser, peut-être de l'assommer et de le ligoter. Et alors ils pourraient partir chercher de l'aide.

Mais sa peine se change en colère; il redevient l'adulte Val.

— Que tu sois arrivée au moment même où je revenais ici, c'était parfait, Agnès, dit-il. On est tous les deux venus fêter. C'est drôle, hein?

Il éclate de rire, un rire de dément.

Sans avoir beaucoup d'espoir de raisonner ce Val-là, elle essaie tout de même:

— Ça nous fera plaisir de t'aider à célébrer l'anniversaire de Caroline. Tu as fait un beau travail de décoration, Val. Tu as même apporté ta collection de cailloux du hangar.

— Tu l'aimes?

— Oui, oui, je l'avais vue quand tu m'as enfermée dans le hangar. C'est toi qui m'as emprisonnée là, hein? Peut-être que tu peux me raconter où tu as trouvé ces cailloux et…

— J'ai parlé de toi à Caroline, l'interrompt-il.

137

Elle a dit qu'elle aimerait te rencontrer. Elle t'aime déjà, Agnès. Je le savais. Tu es quelqu'un d'aimable.

— J'aimerais ça mieux connaître Caroline.

Elle continue à parler. Val la surveille de près et il n'y a rien à portée de sa main qu'elle puisse utiliser pour se défendre s'il décide de la saisir et de la ligoter.

La simple pensée d'être attachée près de Caroline la fait frémir. Justin et Carl ont passé combien de temps ainsi? Quand est-ce que Val…?

— Où était Caroline pendant que… en attendant son *party*, Val?

— Je l'ai trouvée, se souvient-il. Mes parents avaient abandonné les recherches. Ils pensaient qu'on ne la retrouverait jamais. Mais j'ai cherché. Ils ont déménagé en ville, mais je suis revenu. Je continuais à chercher.

— Tu as trouvé son…

Elle ne veut pas employer le mot « cadavre ». Manifestement, Val ne se rend pas compte de l'état de sa sœur.

— Tu as trouvé Caroline? Et c'est toi qui l'as emmenée ici?

— Oui, je l'ai emmenée dans la salle, mais personne n'est venu au *party*. J'ai dû la laisser ici.

Val jette un regard circulaire aux décorations fanées.

— On est déjà venus ici avant ce soir. Où était Caroline, Val?

— *Je lui ai dit qu'elle devait se cacher. Je lui ai*

dit de se mettre dans le placard.

Val prend de nouveau sa voix de petit garçon, comme s'il décrivait une partie de cache-cache.

— Caroline s'est cachée dans la garde-robe ?

Agnès frissonne en imaginant le cadavre dissimulé dans le placard les deux fois qu'ils sont montés ici.

— *Je n'étais pas tout à fait prêt pour la fête. Je voulais que ce soit une surprise.*

« C'est une surprise ! se dit Agnès. C'est certainement une surprise. » Elle vient près de perdre le contrôle d'elle-même et de se mettre à pleurer en pensant aux préparatifs de Val.

— Tu as caché Carl et puis Justin. Pourquoi as-tu tué Cola ?

Penser au pauvre chien aide Agnès à se mettre en colère.

— Oh ! il allait trouver Carl et gâcher le *party* ! J'aimais ce chien mais, tu comprends, je n'étais pas encore prêt à recevoir des invités.

Agnès jette un bref coup d'œil à ses amis. Si elle peut distraire Val encore quelques minutes…

— C'est toi qui m'as enfermée sur le balcon, le jour de notre arrivée ?

— J'étais curieux. Je me demandais qui venait nous visiter après tant d'années. J'espère que je ne t'ai pas fait peur, Agnès.

Sa voix est si douce, si compatissante. Agnès secoue la tête pour effacer l'image de Val trouvant le cadavre de sa sœur et l'apportant dans la salle de bal.

Il l'a vêtue de la robe qu'elle avait réservée pour l'occasion. Et cette semaine, il a cueilli un bouquet de fleurs pour le lui offrir. Il a volé des bijoux dans leur chambre et les lui a mis.

Agnès ferme les yeux et prend quelques profondes respirations. Elle a envie de pleurer sur ce garçon superbe qui renferme en lui un petit garçon malade de remords.

— Agnès, je dois être sûr que vous resterez pour le *party*, dit Val en s'écartant d'elle. Tu le sais, n'est-ce pas?

Elle a rouvert les yeux en entendant son nom. Elle s'empresse de le rassurer:

— Oui, on va rester. Je te l'ai promis.

«Qu'est-ce qu'il a en tête?» se demande-t-elle en se rapprochant lentement de lui. Il recule vers la porte donnant dans le corridor.

— Val, tu danseras avec moi pendant la fête, hein? Carl et Justin danseront avec Caroline. Mais je veux danser avec toi.

— Caroline t'aime bien. Elle était tellement seule. Je pensais beaucoup à elle et je savais qu'elle se sentait seule.

— Où étais-tu quand tu pensais à Caroline? Étais-tu ici? Val, est-ce que tu as vécu dans cette maison pendant toutes ces années?

— Je dois être sûr que vous resterez pour le *party*, dit-il en saisissant la poignée de la porte.

Agnès est désespérée. Val va sortir. Il va les laisser dans cette salle avec la momie.

— Je suis désolé de ne pas pouvoir rester, dit-il. Mais vous, vous resterez.

Avant qu'elle puisse essayer de le retenir, avant qu'elle réussisse à attraper la porte et à l'empêcher de se refermer, Val sort et claque la porte. Le bruit d'une clé tournant dans la serrure déclenche un signal d'alarme dans le cerveau d'Agnès.

Elle donne des coups de poing sur la porte et en secoue la poignée.

— Val! Ne fais pas ça! hurle-t-elle. Reviens! Ne nous laisse pas ici!

Pauline accourt près d'elle et demande:

— Il nous a enfermés?

— Je n'ai pas pu l'en empêcher.

Cette phrase ressemble à celles que Val a répétées avec sa voix d'enfant: *«Je n'ai pas pu sauver ma sœur. Je n'ai pas pu l'empêcher de nager vers la rive.»*

— C'est quoi, cette odeur? demande Chantal.

Agnès regarde par terre. Même dans la faible lumière, elle peut voir le liquide s'infiltrer sous la porte et se répandre dans la pièce. Elle se penche, trempe les doigts dans le liquide et les renifle.

— C'est de l'essence! s'écrie-t-elle en reculant.

— L'essence de la jeep! Il a vidé le réservoir, dit Chantal.

— Val! hurle Agnès. Ne fais pas ça! S'il te plaît, ne fais pas ça! Tu vas gâcher le *party*.

Val ne désire pas seulement qu'ils restent à la fête de sa sœur. Il veut qu'ils tiennent compagnie à

Caroline durant toute l'éternité.

Le « wouche » des flammes qui se glissent sous la porte confirme ce qu'Agnès soupçonnait de ses desseins : Val a mis le feu à l'essence. Malgré la pluie qui ruisselle sur elle, la vieille maison est sèche comme de l'amadou.

La salle deviendra rapidement un bûcher funéraire pour tous les invités de la fête.

Chapitre 22

— Il faut sortir d'ici ! crie Pauline, exprimant une évidence.

— Comment ? Il a fermé la porte à clé !

Chantal retourne vers Carl et Justin.

— L'escalier qui mène au placard du premier, dit Agnès en courant vers l'autre passage qu'ils ont découvert.

Elle pousse de toutes ses forces contre la porte qui refuse de bouger.

— Elle ne s'ouvre pas. Il doit y avoir quelque chose qui la bloque de l'autre côté.

Agnès essaie de nouveau, puis abandonne la lutte et revient vite vers les garçons.

Carl est penché, la tête sur ses genoux, et il grogne. Justin, toujours sans connaissance, est affalé sur la chaise.

Lorsqu'elle le secoue, il se met à glisser.

— Pauline ! Aide-moi ! Il faut réveiller mon frère.

Ensemble, elles le soulèvent de sa chaise et l'étendent sur le plancher. Puis Agnès le gifle doucement.

— Justin! Justin! Réveille-toi! On ne peut pas te porter pour sortir d'ici.

Justin finit par marmonner des paroles incompréhensibles, ce qui signifie qu'il l'entend.

— Aide-moi à l'asseoir, Pauline.

— Qu'est-ce… Qu'est-ce… marmonne Justin.

— Justin, allez! On a un sérieux problème. On a besoin de ton aide.

Agnès en appelle au grand frère qui est censé la protéger. Elle remarquerait l'ironie de la situation si elle avait le temps d'y penser.

— Justin, tu es censé t'occuper de moi. Tu te souviens?

Elle le secoue de plus belle.

La fumée continue à remplir la salle et des flammes dansent tout autour de la porte menant au corridor. Agnès se rend compte que la musique joue encore, bien que le grondement du feu couvre de plus en plus la douce mélodie.

Chantal tousse en aidant Carl à se lever et à marcher en petits cercles. Il n'est pas encore conscient que la pièce est en feu.

Tandis qu'elles s'occupent à réveiller les garçons, Agnès lutte pour ne pas prêter attention à la momie assise près d'eux, avec son bouquet de fleurs. Elle ressent une grande tristesse pour l'innocente victime de cet étrange dilemme.

Justin devient soudainement conscient de leur situation.

— Avez-vous vu que la pièce est en feu? leur demande-t-il.

Sa voix est sereine, comme s'il parlait en rêve, comme s'il voyait les flammes, mais ne comprenait pas le danger qu'elles représentent pour lui.

— Oui, Justin, on sait que la salle est en feu. C'est pour ça que tu dois te lever.

Agnès et Pauline aident le garçon à se remettre sur ses pieds. Le soutenant de part et d'autre, elles le font marcher jusqu'à ce que ses jambes le supportent. Le grondement des flammes et la chaleur étouffante continuent à les menacer.

En se penchant pour aider son frère à se lever, Agnès a aperçu le registre de chauffage dans le plancher.

— Ça donne dans notre chambre, dit-elle. C'est par là qu'on entendait les voix et la musique.

Elle se couche par terre pour l'examiner.

— Tu penses que tu pourrais l'ouvrir? lui demande Pauline. En tout cas, c'est trop étroit pour qu'on passe par là.

Étendue sur le plancher, Agnès remarque encore plus l'épaisseur de fumée qui a envahi la pièce. Au ras du sol, l'air est plus respirable. Elle s'en remplit les poumons avant de se relever et la dose d'oxygène lui donne de l'énergie.

Elle saisit la chaise sur laquelle Carl était assis et la lance contre la vitre d'une fenêtre. Par le trou entre un courant d'air frais et humide.

— Regardez, il y a de la lumière en bas, dit

Pauline en pointant du doigt une lueur dans le parterre de la maison.

La pluie les empêche de voir qui est là.

— Au secours ! crie Agnès. Aidez-nous !

— On est prisonniers ! hurle Pauline.

— C'est peut-être Val, dit Agnès, sachant que si c'est lui, elles perdent leur temps.

Elle se dirige vers le coin de la salle situé directement au-dessus de la petite soupente qu'ils ont découverte au plafond d'une garde-robe. Peut-être que… Elle tape le plancher avec une patte de la chaise cassée.

Elle espère découvrir un passage permettant d'accéder à la soupente et, de là, au premier étage. Mais elle ne trouve aucune ouverture dans le plancher ou dans le mur.

Elle a une autre idée.

— La corde ! Quelle longueur de corde y a-t-il ?

Elle va chercher les deux bouts de corde qui servaient à attacher les garçons et les noue ensemble. Justin et Carl, adossés à un mur, toussent et respirent péniblement. Ils ne lui sont d'aucune aide. Agnès s'adresse à ses amies :

— Aidez-moi. Il faut casser les vitres des trois fenêtres.

— Tu veux qu'on sorte sur le tout petit balcon ? lui demande Chantal en comprenant ce qu'Agnès a en tête.

— C'est la seule issue que je vois pour nous sortir d'ici. Je ne crois pas que la corde est assez longue pour atteindre le sol, mais on sera peut-être capable de descendre jusqu'au balcon du dessous qui donne sur notre chambre. Si l'arrière de la maison seulement est en feu, on pourra descendre par l'escalier principal.

La deuxième chaise qu'elle jette contre une vitre se brise comme la première.

— On a besoin de cette chaise-là, constate Chantal en pointant du doigt celle sur laquelle Caroline est assise.

Elle ne veut pas toucher la momie.

— Elle… Elle s'en fiche, dit Agnès en touchant la robe de dentelles.

Une odeur poussiéreuse s'échappe du vêtement.

En détournant la tête, Pauline aide Agnès à soulever Caroline et à la déposer délicatement par terre.

Agnès prend la chaise de la momie et la lance contre la vitre de la troisième fenêtre. À l'aide d'une patte de chaise, elle casse les derniers morceaux de verre qui tiennent encore au cadre de la fenêtre, s'assurant qu'aucun débris ne les blessera lorsqu'ils sortiront par là.

— Allez chercher les gars ! ordonne Agnès. Allons ! Dépêchons ! La fumée devient plus épaisse.

Lorsqu'ils sortent sur le petit balcon, la pluie s'abat sur eux, leur collant les vêtements au corps. Comment vont-ils faire descendre Justin et Carl à la corde ? Ils sont encore tous deux faibles et confus.

Agnès étudie le nouveau problème tout en nouant l'extrémité de la corde à la balustrade. La corde ne

supportera sans doute pas le poids de deux personnes en même temps, même si la balustrade tient bon.
S'il pouvait cesser de pleuvoir, Agnès réfléchirait
mieux.

— Justin, est-ce que c'est toi ? crie une voix d'en
bas, surprenant Agnès.

Un rayon de lumière danse sur le balcon et sur
eux.

— Monsieur Mineau ? Edgar Mineau, c'est
vous ? demande Agnès qui croit avoir reconnu sa
voix.

— Qu'est-ce qui se passe ? demande maintenant
la voix de Magella Adam, directement sous le balcon où se tient Agnès avec ses compagnons. Est-ce
de la fumée qui sort par la fenêtre ?

Agnès est étonnée que madame Adam puisse
voir la fumée à travers le rideau de pluie. Peut-être
en sent-elle l'odeur.

— Oui, c'est de la fumée. La pièce est en feu.
On ne peut pas sortir par la porte.

— Attendez, dit Edgar. Mon échelle est de
l'autre côté de la maison. Je vais la chercher.

Il est de retour en peu de temps. Magella et lui
appuient l'échelle contre la maison et la tiennent fer-
mement. Celle-ci atteint à peine le balcon. Mais, en
se tenant à la corde, Agnès réussit à passer de l'autre
côté de la balustrade, à se laisser descendre et à
poser les pieds sur l'échelon du haut.

— Pauline ! crie-t-elle. Aide Justin à passer par-
dessus la balustrade et je vais l'attraper d'ici. Il va

148

devoir se tenir au balcon un moment. Assure-toi qu'il le fait.

Quelques secondes plus tard, les pieds de Justin pendent devant le nez d'Agnès. Elle les saisit et les place solidement sur l'échelle. Ensuite, elle les met l'un après l'autre sur l'échelon suivant, et le suivant. Enfin, d'un mouvement qui lui demande toute sa force, elle le plaque entièrement sur l'échelle devant elle. Elle peut alors le retenir en y employant tout son corps.

— Est-ce que tu te tiens, Justin ? Tu dois m'aider, lui dit-elle.

La pluie semble aider son frère à s'éclaircir les idées. Il fait sa part pour descendre jusqu'à terre.

— Agnès ! Je ne peux pas atteindre l'échelle ! crie ensuite Chantal du haut du balcon. Elle est trop loin.

Dès que son frère est assis sur une marche du perron, Agnès retourne à l'échelle.

— Je m'en viens ! dit-elle à Chantal. Je vais t'aider à descendre, puis j'irai aider Carl.

C'est ce qu'elles font. Une fois sur l'échelle, Chantal passe à côté d'Agnès et continue à descendre. Elle n'insiste pas pour être celle qui aide Carl.

Mais elle le reçoit dans ses bras dès qu'Agnès l'amène en bas. Avec l'assistance de Magella, elle le soutient jusqu'aux marches du perron.

— Pauline, est-ce que tu peux atteindre l'échelle ? demande Agnès. Ou si tu veux que je remonte te chercher ?

— Je pense que ça va aller, mais je me sentirai mieux si tu es là.

Pauline attend qu'Agnès place solidement ses pieds sur un échelon. L'écart est grand entre le balcon et le premier échelon. Et la voyant retenue uniquement par la corde, pour une fois, Agnès est contente d'être plus grande que ses amies.

Lorsqu'ils sont tous en sécurité sur le sol, Agnès demande :

— Où est Val ? L'avez-vous vu, monsieur Mineau ?

Même s'il a essayé de les tuer, Val est malade et a besoin d'aide.

— Ça doit être lui qui est passé près du camion en courant quand on s'en venait par ici, répond Magella Adam. Il se dirigeait vers la plage. Où est-ce qu'il va ? Comment a-t-il réussi à sortir ?

Agnès prend l'énorme lampe de poche des mains de Magella en disant :

— Je ne sais pas où il va, mais je vais essayer de le retrouver.

— Agnès, laisse-le aller, dit Pauline. Il a essayé de nous tuer.

— Je ne peux pas, réplique Agnès en repoussant son amie qui cherche à la retenir.

Elle s'élance vers la baie. Est-ce qu'elle s'attend à trouver Val assis sur la plage en l'attendant ? Non, mais elle se presse pour faire quelque chose. Quoi ? Elle fera ce qui lui viendra à l'esprit lorsqu'elle l'apercevra.

Edgar Mineau trottine à son côté.

— C'est lui, l'évadé, tu sais.

— Évadé d'où ? demande Agnès tout en promenant le faisceau lumineux sur la plage.

— De cet hôpital de Montréal. Tu sais, celui pour les fous.

— Un hôpital psychiatrique ?

— Oui, j'ai vu ça à la télé. Il est recherché. Aux nouvelles, ils ont dit qu'il viendrait probablement à la baie. Il s'appelle Val Jasmin. Tu sais, il vivait dans cette maison autrefois. Sa sœur s'est noyée et sa famille a déménagé juste après. Je ne savais pas ce qui leur était arrivé. J'ai réglé leurs dettes pour obtenir la maison.

Il lui raconte l'histoire tout en explorant la plage avec elle.

— C'est pour ça que je suis venu ici ce soir, ajoute-t-il. Je voulais trouver l'évadé. En même temps, je me disais que je verrais si l'électricité avait été coupée. Ça arrive souvent pendant un orage.

Elle sait qu'il dit vrai et que Val est un détraqué en fuite.

— Je crois qu'il dormait sur un matelas dans la cave de son ancienne maison, dit Edgar. C'est sûrement lui qui m'a assommé l'autre soir. Je ne connaissais pas son existence, sinon je vous en aurais parlé.

Val dormait dans la maison pendant tout ce temps ? Il n'a jamais eu de campement ? Pas étonnant qu'elle n'ait jamais trouvé celui-ci. En vivant dans la maison, il restait proche de Caroline dans sa cachette.

C'est lui qu'ils avaient vu à la fenêtre à leur arrivée. Il devait se demander qui venait les visiter, lui et sa sœur. Agnès essaie de chasser les souvenirs de la semaine qui vient de passer pour se concentrer sur leur recherche.

Elle est près de se décourager lorsqu'en tournant le rayon lumineux de sa lampe, elle aperçoit quelque chose sur l'eau.

— Là, monsieur Mineau! dit-elle en pointant du doigt. Vous voyez où ma lampe éclaire? Tournez la vôtre au même endroit.

La combinaison des deux faisceaux leur permet de voir plus clairement le petit bateau contenant une silhouette penchée sur les rames.

— Il est fou s'il croit pouvoir traverser la baie dans ce bateau cette nuit, dit Edgar.

— Il n'a peut-être pas réfléchi à ce qu'il faisait, dit Agnès autant pour elle-même que pour Edgar. Ou peut-être que si.

— Je vais appeler la police dès qu'on sera de retour en ville.

Edgar s'est retourné vers la maison dont l'arrière est maintenant entièrement la proie des flammes.

Agnès est persuadée que Val a pris le bateau qui fait eau. Le cœur serré, elle le voit s'éloigner de plus en plus du rivage. Puis il dépasse la limite que le faisceau lumineux peut atteindre. Il disparaît dans la vaste obscurité où l'eau et le ciel se confondent.

Une partie d'elle-même espère que les policiers le trouveront et le ramèneront. L'autre partie souhaite que Val rejoigne la tombe liquide qu'il croit s'être méritée depuis si longtemps. Depuis huit ans ! Depuis que Caroline est morte et pas lui.

À contrecœur, elle tourne le dos à la baie et revient vers la maison. Elle y trouve Chantal en train de remplir le réservoir de la jeep avec un bidon d'essence pris dans le camion d'Edgar.

Magella Adam prend Agnès dans ses bras et l'étreint en disant :

— Tes amis m'ont raconté ce qui s'est passé. Val était un si gentil garçon. Je ne peux pas supporter de penser à ce qu'il a dû ressentir en trouvant le corps de sa sœur et en le ramenant dans la salle des fêtes.

— Pourquoi leurs parents ont-ils abandonné si vite les recherches ?

— Ils étaient affolés de peine. Ils se sont installés à la ville pour essayer d'oublier. Ils savaient que Val était terriblement troublé par la mort de sa sœur mais, pendant quelques années, ils ont cru que son état s'améliorait, qu'il allait guérir. Puis il a commencé à agir de façon tellement bizarre qu'ils ont dû le faire interner.

— Il ne s'est jamais pardonné d'avoir causé la mort de Caroline ; il s'en voulait tellement.

— C'est étrange ce que la culpabilité peut faire à quelqu'un, dit Magella en accompagnant Agnès jusqu'à la jeep.

— Agnès, tu as été merveilleuse ! dit Pauline. Tu nous as tous sortis de cette maison. Regarde-la brûler !

Les flammes ont dévoré entièrement l'arrière de la maison et s'attaquent maintenant à l'avant. Dans quelques minutes, le bâtiment tout entier sera en feu.

— Je suis désolée pour Val, dit Chantal en mettant sa main sur le bras de son amie. Sans doute que les policiers le sauveront. S'il veut être sauvé.

Chantal semble partager les pensées d'Agnès.

— Sans doute, murmure celle-ci.

— Rentrons chez nous, dit Carl qui a repris suffisamment ses esprits pour parler raisonnablement.

— Je suis d'accord avec cette proposition, dit Justin qui va mieux lui aussi. J'en ai assez des vacances, pour cette fois.

— Mais avoue que ça t'a fourni énormément de matière pour ton roman, lui dit Pauline en l'aidant à prendre place sur la banquette arrière.

Avant de s'asseoir près de son frère, Agnès jette un dernier regard à la maison, juste à temps pour voir le balcon de la salle des fêtes s'écrouler dans l'incendie. La maison sera une perte totale.

— Joyeux anniversaire, Caroline! murmure Agnès. Ton frère va enfin te rejoindre pour le célébrer avec toi.

Dans la même collection

À paraître

n° 72

Passionnément mienne

SUPER CLUB FRISSONS

Amateur de Frissons,
sois le premier informé
des nouveautés
de ta collection préférée.

En te joignant au SUPER CLUB FRISSONS,
tu recevras ton ensemble à l'effigie
du SCF* comprenant :

UN T-SHIRT   UN PORTE-CLÉS
UN MACARON   ET UNE AFFICHE

et tous les mois, durant un an,
nous t'enverrons une superbe
carte postale en couleurs
te résumant l'intrigue
du prochain FRISSONS.

Le tout pour seulement
12,95$
(taxes incluses)

SCF

Collectionne tes cartes postales, leur nombre est limité.

Remplis ou photocopie le coupon ci-dessous et fais-le-nous vite parvenir.

ACHEVÉ   D'IMPRIMER
EN   JANVIER   1997
SUR LES PRESSES DE
PAYETTE & SIMMS INC.
À SAINT-LAMBERT (Québec)